JN264216

『ヤーンの選択』

そこがオアシスであることがはるか彼方からでも知ることが出来た――。（119ページ参照）

ハヤカワ文庫JA
〈JA947〉

グイン・サーガ⑫⑤

ヤーンの選択

栗本　薫

早川書房
6428

THE DECISION OF DESTINY

by

Kaoru Kurimoto

2009

カバー／口絵／插絵

丹野　忍

目次

ヤーンだけが知る運命の機のからくりを、
無理に知ろうとする者は愚か者である。

ヤーンの知る運命の機を力づくで動かそうとする者は、ヤーンの怒りにふれ、おのれの望みと正反対の結果を得るであろう。

なぜならば、運命をつかさどりあやつるのは、この世界にただひとり、運命の機を織る者、ヤーンだけだからである。

ひとはだれも、うなだれてヤーンの機を織る音に耳を傾けるべきであるのだ。

ヤーンの箴言より

〔草原地方 - 沿海州〕

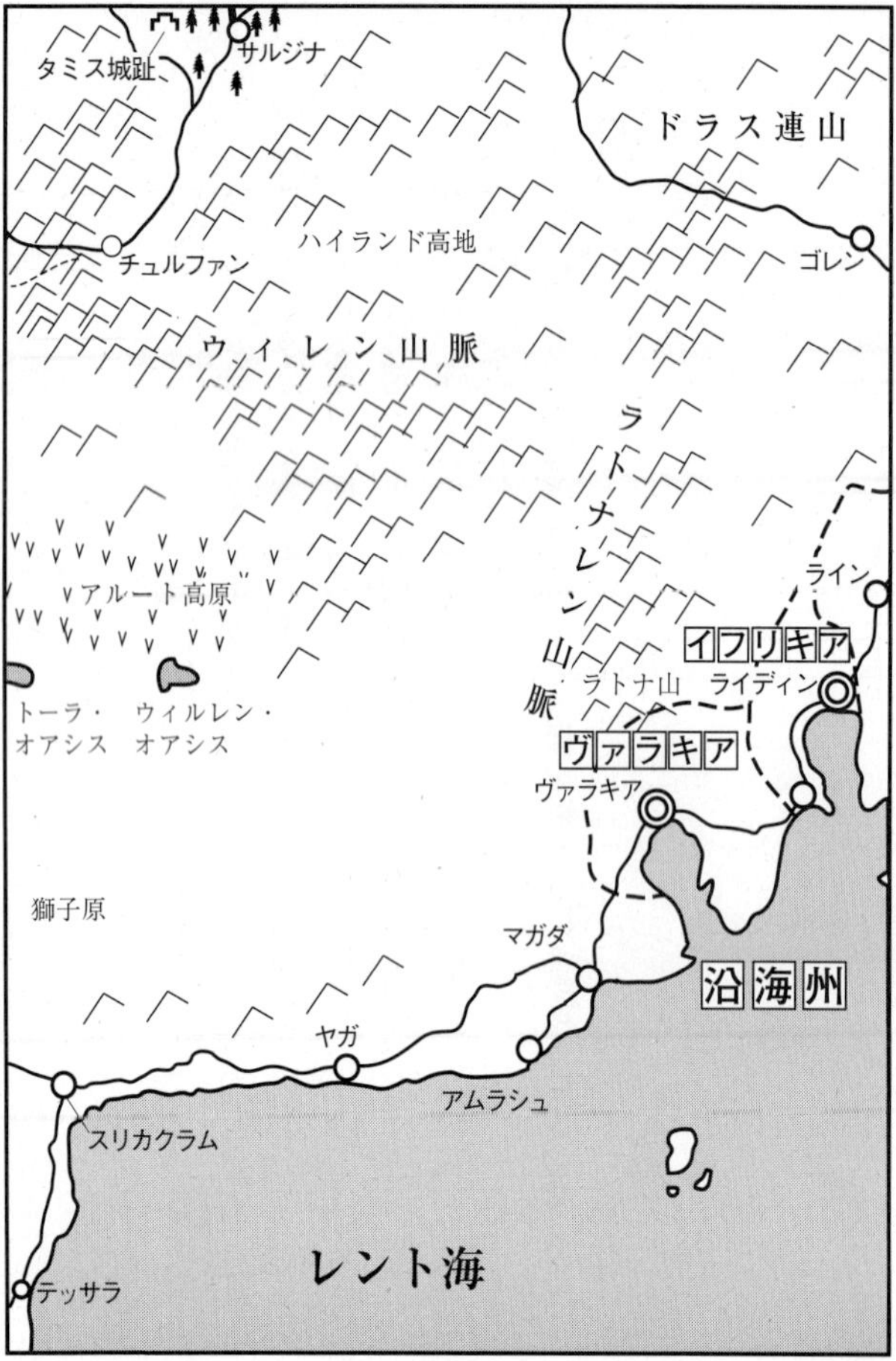
タミス城趾
サルジナ
ドラス連山
ハイランド高地
チュルファン
ゴレン
ウィレン山脈
ラトナレン山脈
ライン
アルート高原
イフリキア
ラトナ山
ライディン
トーラ・オアシス
ウィルレン・オアシス
ヴァラキア
ヴァラキア
獅子原
マガダ
沿海州
ヤガ
アムラシュ
スリカクラム
レント海
テッサラ

〔草原地方〕

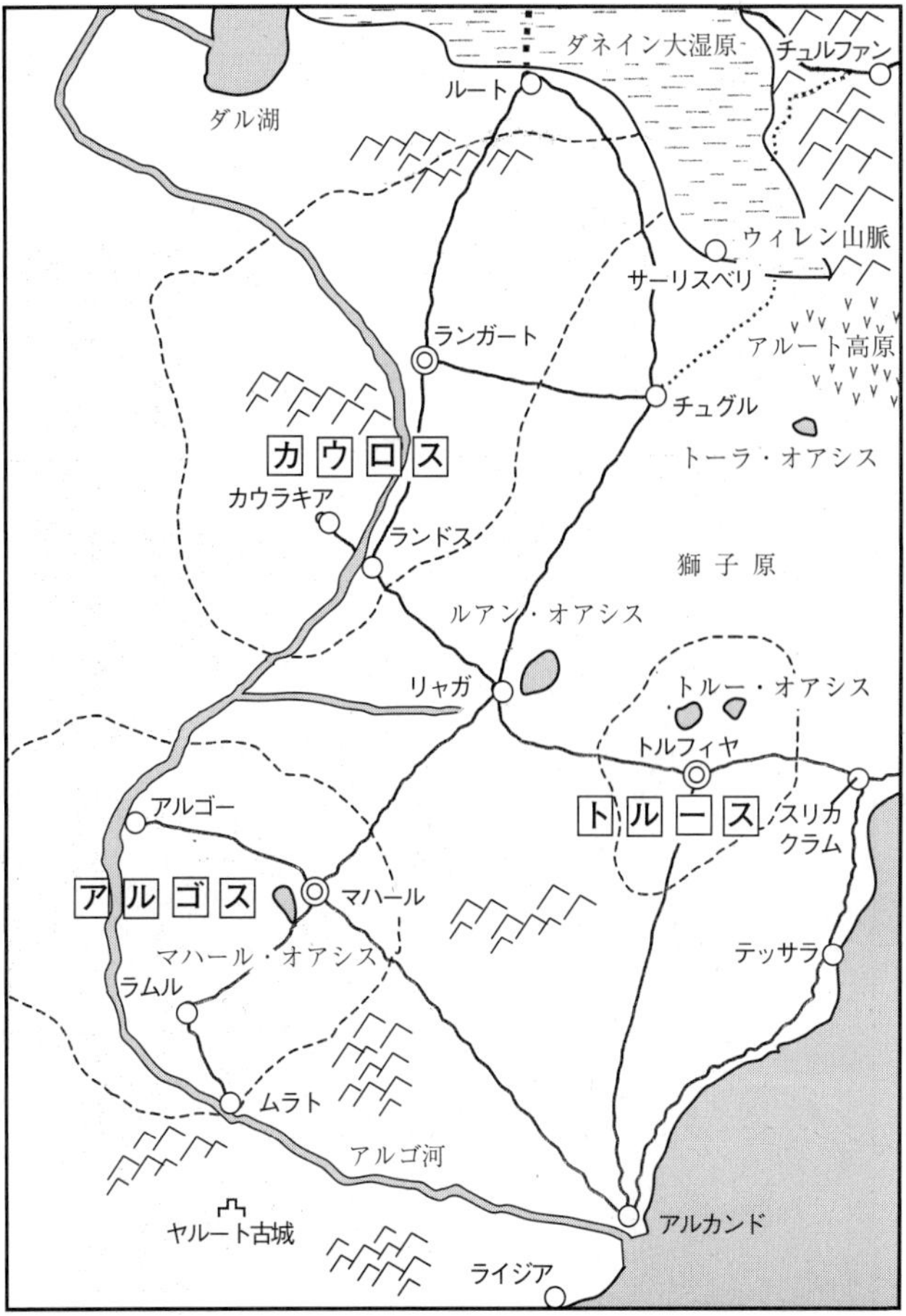

ダネイン大湿原
チュルファン
ルート
ダル湖
ウィレン山脈
サーリスベリ
ランガート
アルート高原
チュグル
カウロス
トーラ・オアシス
カウラキア
ランドス
獅子原
ルアン・オアシス
リャガ
トルー・オアシス
トルフィヤ
トルース
スリカクラム
アルゴー
アルゴス
マハール
マハール・オアシス
テッサラ
ラムル
ムラト
アルゴ河
ヤルート古城
アルカンド
ライジア

〔中原周辺図〕

ナタール川
ヴァーラス湖沼地帯
ノスフェラス
ナタール大森林
ギーラ湖
ナタリ湖
ケス河
旧ユラニア
サイロン
トーラス
ノルン海
ケイロニア
アルセイス
ゴーラ
ロス
モンゴール
クム
カムイ湖
リーラ川
タリア
タリア
ワルド山脈
中原
ルーアン
イーラ湖
クリスタル
オロイ湖
アルムト
パロ
アルーンの森
カラヴィア
サルジナ
ダル湖
ダネイン大湿原
ハイランド高地
ドラス連山
ルート
ウィレン山脈
ラトナレン山脈
ウル山脈
カムリ岬
サーリスベリ
アグラーヤ
ランガート
アルート高原
カウロス
獅子原
ライゴール
レンティア
草原地方
トルース
トラキア自治領
リャガ
ヤガ
マハール
トルフィヤ
イフリキア
アルゴス
ヴァラキア
沿海州
アルカンド
アルゴ河
レント海

ヤーンの選択

登場人物

ヨナ……………………………パロ王立学問所の主任教授
スカール………………………アルゴスの黒太子
タミル…………………………グル族の長
カメロン………………………ゴーラの宰相。もとヴァラキアの提督
イシュトヴァーン………………ゴーラ王

第一話　モスの大海

1

（ああ――みんな、死んでしまった……）

次の朝がきても、草原はやはり何ひとつ変わったことなどないかのようにうららかにひろがっていた。

事実、おそらく、この広大な草原にとっては、そんなことくらいはたいした事件でさえないのだろう。わずか数十人ばかりのひとの生死など、あまりに広大なこの草原にとっては、何ひとつ変わったことが起きていないのにひとしいに違いない。何匹かの虫けらが踏みにじられて死んでいったところで、人間が何も気にかけぬであろうように、広広と青い空の彼方にいるのであろう草原の神モスにとっては、この地上で起きる人間たちのおろかしくもさまざまな営為などは、まったくとるにたらぬ出来事でしかないのかもしれぬ。

（ミロクも、そうなのか。――ミロクにとっても、ヤーンにとっても――ヤヌス大神にとっても、ひとの生き死になどというものは、所詮ただの、虫けらのいとなみか……）

ヨナは結局、傷のいたみと心の苦しみのために、まったくい寝がての夜を過ごしたのだった。

それでも、あいまあいまにあまりの疲労にたえかねてとろとろとまどろんではいたに違いない。朝になると、少しだけ、傷の痛みもおさまっていたし、茫然とした気持も多少は整理されていた。だが、それでも、あまりの空の青さをうらめしく思う気持までは拭えない。

かなり早いうちから、騎馬の民たちは起き出してきて、三々五々スカールの天幕の前に集まり、あるいは勝手にもっと遠いところで、それぞれにモスの詠唱を唱えはじめていた。けだるくものうく尾をひくその詠唱を、実地で聞いたのははじめてだった。草原の高い空に、その詠唱が吸われてゆく。スカールは他のものよりいくぶん遅めに起きてきて、詠唱には加わらず、床几《しょうぎ》に腰かけ、焚き火で熱くあたためた飲み物をゆっくりと啜っていた。それがスカールの朝食であるらしかった。

「スカール殿下。……昨夜は、あやうい命をお助けいただき……」

頭に包帯をまき、よろめきながら起き出してきたヨナが、スカールにあらためて礼をいうと、スカールは肩をすくめた。

「礼をいってもらうほどのことはしておらん。それより、具合はどうだ。まだあまり顔色がよくないな」

「はい……しかし頭の傷のほうは、ずいぶん痛みが落ち着きました」

「お前もなかなかに命冥加な奴だ」

　スカールはじろじろと、あらためて明るい朝の光の下でヨナを眺めながら云う。

「俺はカシン族の横暴についていろいろと訴えを受けていたので、なんとかしていちどきゃつらに目にもの見せてやらねばならぬと考えて、カシンどもの臭跡をなんとなく追っているところだった。そうでなくば、この広大な草原だ。何が起ころうと、よそに声が届くおそれはなかっただろう」

「はい……」

「このところミロク教徒は確かに増えているとみえて、草原を抜けてヤガへ下る巡礼の群れはひんぴんとやってくる。だが、そのなかで、けっこう途中で消息を絶ってしまうものも多いはずだ。そのかなりのものが、草原でお前の仲間と同じようななりゆきをたどっているのではないかな」

「……」

　ヨナはぎくりとした。

　スカールはそのようすを注意深く見た。

「どうした。何か、気にかかることでもあるのか」

「はい。私が……そもそも、この任務をかって出ましたのは、むろん宰相の御命令もございましたが、それに加えて私の知り人の親子が巡礼団に加わってヤガをめざし、それが途中からまったく消息不明になった、ということがありましたので……その者たちの運命を知りたいということもあって……」

「十のうち、八、九とは云わぬ。五、六の割合で草原のごろつきどもに襲われている可能性があるな」

無情にスカールは云った。それから、ヨナをまた見た。

「お前は立っているのも辛そうではないか。ともかくそこに座れ。それにまだ朝飯も食っておらんのだろう。昨日もあの騒ぎで、相当長いあいだ食い物をとっておらんのではないか？」

「そういえば……食べることなど、まったく忘れておりました」

「それでは、体が弱ってしまう。いま、俺の朝飯を運ばせるところゆえ、ともにするがいい」

「有難うございます……何から何まで、お世話になってしまいまして……」

「礼などいらん。俺は気まぐれだ。俺がただ、お前に少しばかり、興味をひかれただけのことだ」

　そっけなくスカールは云った。

「何でかわからぬが、お前の人相風体が妙に俺には気に入った。といっておかしな意味ではないから誤解はするな。お前はなんとなく、いかにも何かありそうな人相をしておる。それが何なのか、知りたい、と思っただけだ。あとで、元気になってきたら、もうちょっと率直に、お前自身のことについて話してくれるがいい」

「有難うございます」

「飯は、食えそうか」

　折しも運ばれてきた朝食を見ながら、スカールがたずねた。

「はい……いただいてみます。あの……」

「何だ」

「あれ……は……そのまま……に……？」

　まだ、街道のほうに目をやる勇気がない。

　明るい光の下にあからさまにされる、昨日の惨劇は、どれほどすさまじいことかと思う。だが、スカールはかぶりをふった。

「あのままにしておいては、いろいろと不都合がある。草原では、あのような死者をそのままにしておくとそやつらが死霊となって歩き回り、悪さをしでかすといっていやがる。この後、部下どもに命じて、死体は火葬にする。お前の仲間のも、カシン族のもだ。

それに、カシン族が、俺の手によって仲間が殺されたと知ると、いろいろと面倒が起きるだろう。いずれカシン族とは決着をつけねばなるまいとも思ってはいるが、それはいまではないほうが俺も都合がよい。――火葬にして、火が草原に燃え移って野火にならぬよう、火が消えるまで見届け、それからすぐにここを発って違う土地へゆく。――違うといっても、この草原のなかで、ということだがな。どこか特にゆかねばならぬ場所のあてがあるわけでもない。お前が、ヤガへ送っていってほしければ、そうしてやってもよい」

「それは、しかし、あまりにも……」

「この草原を、馬もなしで、単身で歩いて旅して抜けるつもりか、お前は」

そばづきの騎馬の民がとりわけて手渡した皿に、山盛りにした食事をゆっくりと口に運びながら、呆れたようにスカールは云う。

「まあ、お前も少しでもいいから食い物をのどを通せ。でないと、草原では、もたんぞ。――そのように痩せて、お前は霞でも食って生きてきたのか」

「まあ、そのようなものです」

ヨナは苦笑した。そして、とりわけられた食物を有難く受け取った。

ちょっとでも、きのうの目に焼き付いた死体のありさまを思い出すと、たちまち吐き気がこみあげてきたが、それを思い出すまいと懸命になりながら、ヨナは食べられるだけ、なんとかさじを口に運んだ。食物は、壺で煮込んだかゆのようなもので、味は悪くなかった。干し肉と刻み込まれた香草が入っている。

「お前は、まだ若くて、顔立ちもいい。この草原では、男も女もかかわりはない。あるのは、身を守れる者と守れない者、奪う者と奪われる者、犯す者と犯される者、そのいずれに属するかだけだ。お前などがひとりでうろうろと草原を歩き回っていれば、遠からずお前の仲間たちと同じ目にあうだけのことだ。獲物がひとりとなると、大勢のときよりももっと酷い目にあうことになるぞ」

「……」

云われて、ヨナはうつむいた。自分は、けっこうすさまじい修羅場も見てきたし、さまざまな経験もしてきたつもりではあったのだけれども、実際には、何も知らなかったのかもしれない――という思いが突き上げてくる。

(それに……この人も、やはり……親切にしてくれてはいるし、私の命を救ってくれた人ではあるが――この人もやはり草原の民だ。まぎれもない――いや、たぶん他の誰よりも厳しい草原の民だ。草原のおきてによって生き、平和な中原の民などとはまったく相容れぬ血なまぐさい世界でのみ生きてきた人だ……)

その思いが、ヨナの胸を占めてしまっていた。

「お前は、どこにゆくつもりだ。任務は失敗したということでクリスタルに戻るのか。

それとも、一人でも任務を遂行すべく——どんな任務だか知らぬが、ヤガへ向からのか」

「ヤガへ向かいます」

ヨナはあまり喉を通らなかった食事の皿をそっと下において答えた。

「連れたちにはまことにむごい結果になりましたが、もともとこの連れたちとは、ヤガまで一緒にいってくれるものが欲しくて、南マルガで無理矢理仲間に加えてもらった、いわば行きずりの間柄——その者達が全滅の憂き目を見たからといって、私が任務を中断するわけには参りませぬ」

「そうか」

何の任務か、と続けてきくでもなく、スカールは空になった食器をかたわらにおしやり、差し出された茶をまたカップに注がせてゆっくりと味わっていた。

「——俺は、しばらく前にようやく草原に戻ってきた」

ややあって、ゆっくりとスカールは云った。

「ゆえあってしばらく中原の北方におり、そのあともいろいろあって、ようやくこのほど草原に戻りついた。まだ、俺も、ようやくおのれの部族とは出会ったものの、草原のようすがすべてはつかめておらぬ。——お前がヤガにゆくというのならばちょうどいい。俺はこのあと、草原をなるべく広くあてもなく歩き回って、あちこちの様子を調べなくてはならぬと思っていたところだった。どこにゆかねばならぬということではなく、まんべんなく草原の様子を知りたいのだ。お前をヤガに送りがてら、俺は草原を南下することにしよう。ならば、そうしながらかなりの部分を視察出来るだろう」

「それは、願ってもないおことばですが、しかし……」

「べつだん、恩を売ろうとか、どうこうしようというつもりではない。いやなら、一緒に来ずともよい。だが、せっかく救ってやった命だ。そうムダにせず、俺の仲間と一緒に南下してはどうだ。それが結句、この草原にいるかぎりではもっとも安全なようだぞ」

「有難うございます」

ヨナは心を決めた。

どちらにせよ、まさにスカールのいうとおりだった。荷物もすべて掠奪され、たいした荷物でもなかったが中身もどうなっているか知れたものではない。飲み物も食べ物も持たず、方角もわからないヨナが、単身で赤い街道だけを頼りに沿海州を目指そうとしても、おそらくは遠からず騎馬の民に襲われるか、その前に食べるものも飲むものもなく行き倒れるか、そのどちらかしかないだろう。

「御一緒させていただければこの上もない光栄と存じます。しかし、私は馬もさほど得手ではなく——沿海州に生まれ育ち、馬をつかう習慣もない上、パロではもっぱら学問ばかりをおさめておりましたので……御迷惑をかけてしまうかもしれませんが……」

「馬など、まる一日も乗っていればいやでも馴れる」

スカールは無造作に云った。

「それに、まだ当分は、ここにとまっていなくてはならぬ。死体を片付け、火が完全に消えるのを確かめてからでなくては、この場をはなれることは危険だからな。死体をそのままに放っておいて、はやり病のもとにでもなると、それは俺の責任ということになる。が」

スカールはちょっと、濃い眉をしかめた。

「もしかすると、カシン族が――お前の団を襲った奴らの中には生き残りはおらぬが、仲間のゆくえをたずねる者どもがやってきて、このありさまを発見せぬものでもない。――その場合には、少し厄介なことになる。カシン族が仲間の復讐に襲ってくるようなことになるとな。いや、俺の部の民は草原でもっとも強力な戦士たちだ。戦いで遅れをとるようなことはないが、お前は――」

スカールはじっとヨナを見つめた。

「お前は、戦いには、およそ馴れておらぬのだろう」

「はい。学者でありますし、その上ミロク教徒でございますので、戦うというか、剣をとることは、おきてにより禁じられております」

「草原では、戦わずに生きてゆくことは出来ぬ」

スカールは手厳しく云った。

「戦わぬ者は、掠奪され、殺されるか、あるいは奴隷にされるか――いずれにもせよ、草原では、おのれの身を守ることの出来ぬ者は生きのびることは出来ぬ。それが草原の掟だ」

「はい」

逆らわず、ヨナはうなづいた。

「ミロク教が草原ではほとんど信徒を獲得しておらぬのは、まさにそのような草原のきびしい生存の掟のせいであろうと思います」

「ならば、どうするつもりだ。もしもカシン族が仲間の復讐にと襲ってきたとき、我々はおのれを守り、おのれの部族のために戦うしかない。お前を守ってやるために人数を割くことは出来んぞ」

「それもまた仕方ないことかと思います。それが運命であれば、私がお役目をはたせず、この草原に朽ち果てますことも。――知り合ったばかりの、深からぬえにしとはいえ、私に親切にしてくれたオラス団のミロク教徒たちもみな殺されました。しかし、ミロクの教えにしたがい、おそらく、殺した人々を恨んではおりますまい。殺されるときにも、殺す相手のために祈れ、ともまた、ミロクは教えておりますゆえ」

「下らぬ」

信じがたいことばを耳にしたかのように、スカールは逞しい肩をすくめた。

「そのような教えは俺には向かぬ。――おそらく草原で、その教えに賛同する人間は一人としているまい。それでは、お前は、殺されるならばそのまま殺されようというのだな」

「正直申しまして、いまのわたくしはそれほど敬虔なミロク教徒とはもう、申せなくなりました。――昨日の虐殺を見ていて、ミロクはそれを救いに降りてはこないのだなと思ったときから、わたくしはもう、もしかしたらミロク教徒とは云えなくなったのかもしれません。――といって、ただちに草原の、弱肉強食の掟に身をゆだねる気にもなれません。――信じる神もなくした以上、私はただ、運命に身をまかせ、運命神ヤーンがなすがままにしているほかないのではないかと思います」

「……」

それをきくと、スカールは奇妙な表情で、微妙に眉をしかめて、ヨナを見つめた。しばらく、そのまま、黙ってヨナを見つめていたが、それから、スカールの唇をもれたことばは奇妙なものだった。

「お前のことば、お前の喋り方、お前のその、おのれの身を守るすべもないほどにか弱いくせに妙に泰然自若としている様子――自信にみちあふれているのかとさえ思わせる様子を見ていると、ある人間を思い出す。——どこもべつだん、似てはおらぬではないかと、ずっと思っていたが、お前の話すのをきくほどに、どうしても、似ていると思えてならぬ」

「それは、誰にでございましょうか？」

「クリスタル大公アルド・ナリス」

いくぶん憮然とした表情でスカールは云った。

「お前はナリス公の側近だといっていたな？」

「はい」

ヨナは頷いた。

「ナリスさまのご研究をともにし、そのご相談役をつとめさせていただき、そののち柄にもなく聖パロ王国の参謀長という名前を頂戴したものでございます。ナリスさまには、お亡くなりになるときまで、おそば近くお仕えいたしました」

「そのせいなのかな」

スカールはつぶやくように云った。

「どうして、お前を見ているとしきりとナリス公が思い出されてならぬのか——顔かたち、姿かたちが似ているというわけでもないのだがな。お前はべつだん美しくないわけでもないが、あの男のように、男にあるまじくきわだって美麗だというようなこともない。だが、そうだな——結局は、話し方なのかな。それとももの考え方か。お前が話し出すと、俺はまるでナリスと話をしているような——ナリスがよみがえってきて、そこにいるような、なんともいえぬ不思議な気持を覚える」

「……」

これには、ヨナはなんとも答えようがなかったので、黙っていた。

スカールはふいに、ぐいと身をおこして、床几から立ち上がった。

「火葬の準備をはじめろ」

部下に大声で命じる。

「草を刈り取り、死体を運べ。ものも何も残すな。すべて、焼き払うのだ」

「……」

一瞬、ヨナは、オラスたちの遺品をとりのけておいて、それをサラミスの遺族にでも届けるべきであるのか、と迷った。

だが、その迷いはただちに消えた。オラスは一家そろってこの巡礼の旅に出たのだ。残っている遺族といっても、遠い親戚くらいのものだろうし、ほかのものについては、その詳しい氏素性も何もヨナは知らぬ。ただ、ひとつだけ、ヨナは、何も出来なかったわびをしてやりたかった。

「スカールさま」

「何だ」

「ひとつだけ、お願いがございます。火葬になさるとき、私が、私の巡礼団の仲間たちの遺骸に、ミロク教徒の弔いの祈りの儀式を捧げてやってもよろしゅうございましょうか」

「好きにするがいい」

まったく、気にもとめぬようすで、スカールは答えた。

「俺は何も気にせぬ。気にするものもべつだんおるまい。俺の部下どもは詠唱をとなえながら火葬の火をつける。火が最後に消えたなら、また最後の詠唱をとなえつつ、灰を草原にまいてやる。それが我々の儀式だ。べつだん、巡礼の者どもと、騎馬の民の死体と、別々に焼け、などというのではないのだろうな」

「そのようなお手間のかかることは申しませぬ。ミロク教徒は儀礼にはさほどこだわりませぬ。ただ、ミロクのみことばを唱えつつ、野辺の送りをしてやりたいという、それだけのことでございます」

「好きにしろ」

また、スカールは云った。

「だが、お前は、自分では気付いておらぬかもしれんが、頭の傷でかなり出血もしたし、相当に弱っていると思うぞ。まだ、あまり無理をするな。すべての準備がすむまで、出ってやる」

来ることとならまた寝床で寝ていろ。準備がすんで、火が燃えついたら、お前を呼びにや

「有難うございます」

「優しくしてやっているわけではないぞ」

スカールはちょっと歪んだ笑いをみせた。

「このさき、お前を連れ歩かなくてはならぬのだとすると、お前が早く馬に乗れるようになってもらわんと、俺が困るからな。俺の部の民には、馬車などの用意はない。女子供でも馬に乗って一日よく千里を駈ける。それゆえ、お前が早く体力を回復し、馬に乗れるようになってくれぬと、我々も出発出来ぬということになるからな」

「お手数をかけまして、申し訳ございません」

ヨナは殊勝らしくわびた。スカールはまた肩をすくめた。

「拾ってしまったものは仕方があるまい。それに、俺は、お前とまだ少ししか話しておらぬが、なんとなく、お前に興味がわいている。もう少し、お前と話をかわしてみたいものだ、というような気がするのだ」

「それは……恐縮でございます」

「何故かはわからぬ」

スカールは幾分、柔らかな笑いを漂わせた。ヨナが知るすべとてもないが、かつての

スカールであったら、決してしなかったような、ずいぶんと穏やかな笑みであった。

「俺は、アルド・ナリス、という男が嫌いではなかった。ある意味、とても嫌いだと思ったが、ある意味、ひどく興味をひかれた。あまりにも考え方も生き方も、何から何まで相容れぬゆえに、興味を持ったのかもしれぬ。だが、きわめて相会うこと少ないままに、結局ナリスはあのように早く死んでしまった。——俺も、また、早く死ぬはずであった。それがいま、こうしてなおも生きながらえて、また草原に戻ってきている——お前には、何の話だか、わからぬな。わかるまい。それが当然だ」

スカールは、じっとヨナを見つめた。

「おいおいに、その話もしてやる。お前は、側近として見ていたナリスの本当の顔や、その考え方についても、俺に話してくれるがよい。それだけでも、お前を拾ったことは俺には意味のあることになるかもしれぬ。あるいは、そうでないのかもしれぬ。——だが、俺の考えもずいぶんと変わってきている。この世の中には、俺の狭い考えなどでは想像もつかぬ出来事というものが、沢山あるのだ、ということを、この数年のあまりにも奇態な経験で俺は学んだ」

スカールはふっと吐息をついた。

「かつてのおのれが、いかに心の狭い人間であり、何ひとつ知らなかったのか、ということもな。——魔道や、この世の神秘について——そしてまた、人智では解明することの出来ぬ超越した現象について……」

「……」

ヨナは、驚きながら黙っていた。スカールのような草原の男、見るからに戦うことしか知らぬ生まれながらの戦士、とみえる男が、そのような述懐をもらすようになるためには、いったい、何を見、何を聞いてきたのだろう、と思う。

「それらについても、俺は、誰かに話をして――俺よりもそうしたことどもに詳しい誰かに話をして、聞いてもらいたいものだとずっと思っていた。俺の乏しい知識では説明のつかぬことがあまりに多かったがゆえに、俺は、頭の整理もつけることが出来ぬまま、とうとうまたこの草原に舞い戻ってきた。――俺がいまこうして生きていることさえも、もしかしたらかりそめなのかもしれぬ。俺はもしかしたら、もう死んでいるのかもしれぬのだ。俺はあるいはすでに、とっくの昔に幽霊になりはてた男であるのかもしれぬ――そうは見えぬか？ ナリスの側近――俺が、幽霊に見えるか？」

「いえ……」

ますます戸惑いながらヨナは云った。スカールはまた、ふっと吐息をもらした。

「まあいい。また、つれづれに話をかわす夜もあろう。まずは、お前はそのミロクの儀式とやらの準備をするがいい。そろそろ、死体がだいぶん、火葬の場に運び込まれてきたようだ」

2

ものうくけだるいモスの詠唱が、ゆらゆらと天にむかって立ちのぼってゆく火葬の煙ともどもに、草原の蒼天に向かってのぼっていった。

巨大なかがり火となった野辺の送り火は、草原を焦がさんばかりにあかあかと燃え上がっている。そのなかで、なかば機械的にミロクの教典の、「死者を送る言葉」を唱え続けながら、ヨナは、しかし、心のなかで、ずっと、どこにいるのかわからぬミロク神にむかって語りかけ続けていた。

(ミロクよ。——私は、あなたの存在をあるいはかれら——死者たちほど強く信じてはいなかったかもしれぬ。だが、それはあなたの教義を否定するものではなかった。むしろ、あなたの教義そのものにこそひかれて、私は幼い日からあなたの信徒となったのだった……)

(だが、いま、私は——あなたを疑っている。あなたの存在をではない——あなただけではなく、神、というものが、本当に存在しうるのかどうか……それは、あまりにも無力な人間という存在が、おのれの無力さに耐えられぬからこそ作り上げた、かりそめのまぼろしにしかすぎなかったのではないかと……私は、確かに思っている……）

（幼いユエの生首が、街道の上に落ちてこちらにむかってうつろな目を見開いていたさまが――ハンナのむざんな凌辱された死体のさま、その喉を掻き切られた顔に浮かんでいた断末魔の苦悶の表情が、目をはなれない。――かれらはいずれも善良な人びとで、見ず知らずの私にもあんなによくしてくれた。気持のいい、よく働く、信仰あついきわめて温厚な人々だった。そして、長いあいだ働き続け、ミロクを信仰しつづけた揚句に、あなたへの信仰心やみがたく、聖地ヤガへと巡礼することを夢見たのだ。その動機も心根も、まことに尊敬すべき、立派なものであったはずだし、かれらはミロクのみ教えにしたがい、武器も持たず、乏しい食糧をでも私に惜しみなくわかちあたえ、気持をも同じように惜しみなくわけあたえてくれた。――あなたのみ教え、『隣人のためによきようにせよ』ということばを、かれらはすべて信じていたからだ）

（だが、この残酷な草原で、かれらの信仰心の篤さも、善良さも、温厚さも……親切さも、そのつつましやかな人生の誠実さも、何の役にもたたなかった。かれらを嵐のように騎馬の民が襲い、そして何の容赦もなくいのちを奪い、物品を奪っていった。――その騎馬の民もまた、同じ騎馬の民によって、同様に何の容赦もなく殺されていった。それを――私はそれを、ミロクの当然の報復と思うべきなのか？　いや、だが、ミロクの教えを信じるならば、そうやって悪をなした者に報復することは、かたく禁じられているはずだ。殺され、奪われ、犯されようとも、報復を考えるな——おのれのいのちをもって、ひとのいのちを救えたことを幸いと考えよ、とあなたは云われる。——だが、どうしても……)

(どうしても、私は納得がゆかぬ。——これまでの二十何年間、ずっと信じてきたはずのミロクの教義が、いま……私のなかで、どうしても得心のゆかぬものになってしまおうとしている……)

(何故だ。何故、かれらは死ななくてはならなかったのだ。そして、かれらを殺した騎馬の民を殺したスカールどのの部の民は、正義を行なっただけのことなのか。——あなたは、正義のためとはいえ、殺すな、と命じられている……だが、そのような教えは、草原ではまったく通用しないのだ、ということを、私は目の前で見てしまった……)

(私は、これまで——何を信じて生きてきたのだろう。そして、何をたよりに……これまでだって、私は沢山の惨劇を目のあたりにした。親友が斬り殺されるところも目の前で見たし、学友たちが次々に馬のひづめにかけられてゆくところも見た。敬愛するナリス陛下が、むざんな拷問にかけられ、あれほどの高い能力をすべて失われる苦しみをも目の前で見た。——だが、そのたびに、私の信仰はいささかもゆるがなかった。私は、あくまでも、《不戦》《不殺》を信じていた。……私にとっては、この世に戦いと争いとがあることそのものが、そうした悲劇の根源であって、それらがなくなりさえすれば、すべての悲劇はなくなるであろうと……私は純真にも、そうかたく信じていつづけた——いや、信じようとしつづけた、というべきかもしれぬ）

（だが——もう、そう信じていることは出来ない。何故だろう——きのう、おのれ自身も巻き込まれたこの悲惨な惨劇は、私の気持を根底から揺さぶってしまった。もう、私は……ミロク教徒には決して戻れぬのではないかと思いはじめている……）

モスの詠唱は、ものうくなおも続いていた。

ヨナはゆっくりと、最後の死者のための聖句を唱え終わり、その巨大な焚き火のかたわらをはなれた。つと、そばに寄ってくる、巨大な猛獣のような熱っぽい気配があった。

「もう、よいのか。存分に、弔いの儀式はほどこしたか」

スカール太子であった。

ヨナは頭を下げた。

「はい。太子さま——おかげをもちまして、すべて、ミロクのさだめどおりに……」

（そう、さだめどおりに……だが、それが、あの死者たちにとっては、何かのなぐさめになったのだろうか。——たかだかミロクの聖句のひとくさりだけで、かれらの受けなくてはならなかったあのような苦しみとゆえもない、いわれもない突然の死とは、本当に報われたのだろうか……）

（それに……私は思っている。スカール太子は、こうしたことは草原では日常茶飯だと云われた。——ということは、ヤガへの巡礼の旅にたち、その後突然に何の連絡もなくなってしまった、ラブ・サン老人とその娘のマリエもまた——オラスたちと同じような運命をたどった、ということとなのだろうか。——そして、オラスたちよりもさらに悲運に、スカール太子のような人があらわれてかれらを殺したものたちを罰してくれることもなく、その消息を私のように生き残った者がただひとりでもいて、伝えることもかなわず——この草原に、あえなく全滅して、そして火葬にふされたのか、それとも……草原の土となりはてたのか……）

「俺にはわからぬ」

スカールは肩をすくめた。ヨナは太子を見上げた。ヨナ自身も決してそれほど背の低いほうではないはずだが、スカールは、ヨナよりも頭ひとつ分ほども背が高い。たっぷりとしたマントや、頭に巻き付けられたターバンのせいもあって、なおのこと、大柄に見える。ヨナは、スカールのかたわらにあって、おのれがまるで小さい子供にでもなったような気分を味わった。

「と、申されますと……」

「ミロクの教えというやつ、俺にはとんとわからぬ。——というより、これほどに、草原の民にとっては無縁な教えというものが、ほかにあるとさえ想像も出来ぬほどだ。それでいて——なんだか、とても、気になる」

「気に……」

「ああ。そうだ。お前にせよそうだが、なぜ、危険な草原地帯を渡るとわかっていて、武器のひとつも持たずに次々とやってこられるのだ。——前の巡礼どもが戻ってこなかったとあらば、それがどのような憂き目をみたかは、いずれ、他のものにも伝わろう。それが度重なれば、草原がどのようなところで、そこではどのようなおきてが通用しているのか、それもまた知るところとなってこよう。——だのに、お前らは、何回でも、また同じようにこの草原へ、武器も持たず、身を守るすべもないままにやってくる。なんと、性懲りもない奴等だ。——お前たちは、経験から学ぶ、ということを知らぬのか。それとも、お前たちは、本当に死を恐れぬ、おのれの命をもって神に捧げようと思う勇者であるのか。その、どちらなのだ」

「おそらくは……あるものはまことに、ミロク神の教義にのっとり、決して戦うことなく、たとえいのちを奪われようとも、ひとのいのちをとることなかれと信ずる、真のミロク教徒でありましょうかと」

「あるものは。では、他のものは」

「中には、ミロク教徒とはいえ、たまたまその家に生まれ、親兄弟が信じているゆえ、おのれも育ってゆく過程でなんとはなくその教義に賛同するようになった、という程度の信仰のものもいたかと存じます。そのようなものたちにとっては、やはり、戦わずしてあえていのちを投げだし、殺されてゆくことには、納得は出来ますまい。――しかしながら、私をも含め、ミロク教徒というものは、戦う、ということをついぞ教えられてこぬままに育ちます。――それゆえ、たとえ、殺されたくはない、と思ったところで……戦って、生きのびることは出来ないのではないかと」

「……………」

スカールは、しばらく黙っていた。

それから、ゆっくりと、目を火葬の巨大なかがり火から蒼天へとのぼってゆく黒っぽい煙の行方に遊ばせながらいう。

「俺は、その昔――ずいぶんともうはるかな昔だ。戦うということをまったく知らぬ娘を愛したことがあった。――その娘は、ある優雅な都市の領主のむすめだったが、その自由都市は、何年かにいちど、何十年かにいちどの割合で、凶暴な騎馬の民に掠奪の憂き目をみておりながら、何ひとつ対策を講じようともしなかった。――そして、そのむすめは、俺とともに草原にこい、といった俺の頼みをはねつけ、その都市と運命をともにして、騎馬の民の蹂躙のままに死んでいった。わずか十六歳でだ。――俺には、まったく理解出来なかった。理解できぬままに、何かひどく不安な――不快なものが残った。いったい、あれらのものは、なぜああしたのだろうと」

「その都市の人々は、ミロク教徒だったのでございますか？」

ヨナは聞いた。スカールは首をふった。

「そうだとは思わん。なかには、そうであるものもいたかもしれないが、あの当時は、まだミロク教、などというものの名前はそうあちこちでは聞かれなかった。――ただ、あの連中は、戦うということを知らなかったし、いとうていたのだ。――俺には、理解出来ぬ」

「戦うことを知らぬものがいるということが。それとも、戦うことをいとうということが、でございますか」

「どちらもだ」

スカールはむっつりと云った。

「だがまだ、あのアルカンドの娘については、当人も若いむすめのことでもあり、戦いなどとは無縁な貴族の姫でもあったのだから、戦いをいとうても、それはそれで仕方ないのかと思っていた。ただ、俺は、おのれとともに、馬をならべて戦ってくれる女のほうがいいと思って、その女のためには死ななかった。――だが、お前たちは、男で、そしてそのつもりになればそれなりに多少は戦ったり――それで勝って生き残ることは出来ぬまでも、少なくとも、最初に、殺され、全滅のうきめを見るまでのことはないように自衛することは出来るはずだ。だのに何故、お前らは草原に来る。お前らは、草原の何も知らぬ。だのになぜ、お前らは草原にやってきて、そしてこうして殺されてゆく。——このしばらくだけでも、ミロクの巡礼で、騎馬の民の掠奪にかかって殺された団は決して少なくはない。俺には、お前らが、まるで底知れぬ阿呆か——さもなければ、うす笑みを浮かべたまま殺されてゆく化け物のように見える。お前らは何を考えている——アルカンドの娘は何を考えていたのだろう。俺は、いまになって、それを知りたい。お前らは、なぜ、草原に来るのだ」

「それはもう……草原を抜けなくては、ヤガに到達出来ぬからでございましょう」

「ならば、もっと安全な道をとったらどうだ。お前らの通っていた旧街道は、もっとも危険な、カシン族の縄張りになっている道すじだ。それについての知識さえも行き渡ってないのだったら、やむを得ぬかもしれんが、多少遠回りとはいえ、アルゴスを経由してゆくのなら、もうちょっとは安全であるはずだ。——草原も、ずいぶんと変わった。草原の西と、南とは、もう、厳密な意味では草原とはいえぬ、と、草原の北や東あたりを縄張りにするものたちはひそかに云っている。草原の南西部では、もとは騎馬の民だったものたちが、石づくりの都をたて、そこに住み着いた。そして、北東部からの掠奪や荒々しい蹂躙をふせぐために、立派な石垣をつくり、砦を築き、そしておのれの家畜を石の塀のなかに囲い込んだ。——かれらはもう、草原の民とは云えぬ」

「それが、おいやでございますか」

「いやとか、いやでないという話ではない。俺はその、石の町となりはてたアルゴスの王太子だった男だ。俺の母親はグル族の——草原の民のなかでももっとも誇り高いグル族の族長の娘だった。その母親の血はいまだに俺のなかに流れている——と思う。ずいぶんと、俺の血も入れ替わってしまったのだろうがな」

「え？」

ヨナは、そのことばに引っかかって、問い返した。だが、スカールは、ヨナの問いなど無視した。

「そして俺は、あくまでも草原の民として生きてきた。草原の、騎馬の民としてだ。——草原をはなれることもずいぶん長く、ずっとこのところは、草原とは無縁なあたりをさすらってきたが、それでも、俺が草原の民でなくなることは出来ぬ。——俺は、根っから、きっすいの、草原の民だ。そうでしかあれぬ」

まるで、ヨナが、スカールがそうであることを疑うのではないか、と怒ってでもいるかのように、けわしく、スカールはヨナをにらんだ。

「だからまた、俺はその石の町に住むことをいさぎよしとせず、王太子の地位をも捨ててこうして草原をさすらい、世界じゅうをさすらう、流浪の民となることを選んだのだ。——その俺に、どこまでもついてきてくれ、そしていのちを落としたものたちがいる。もはやアルゴスの王太子でさえない俺を、いつまでも待っていてくれ、いまだに族長とあがめてくれる部の民がいる。俺は決して、そやつらのことを忘れぬ」

「……」

「だから、俺は――だから俺はまた、こうして草原に戻ってきたのだ……」

その声は、まるで、ひとりごとのつぶやきのように聞こえた。

ヨナは、奇妙な気持になりながら、じっとスカールを見つめていた。何か、スカールが、ひどく重大な秘密を口にしようとしている、というような気持が生じてきて、どうにもならなかったのである。

「そう――だが、草原すら……もう、元のようではない。――南西部はすっかり、完全に、もとの草原の色合いを失った。あの石の町々は――もはや俺の知っていた草原の、いかなる草原の民のものでもない。あれは、まさしく――石の町だ。俺が忌避し、むしろ憎み恐れさえした石の町。――だが、また、草原をうろつく連中は、もはや、以前の騎馬の民ではなくなっていた。カシン族をはじめ、新しい、旧来の部族からひとりだちした若者たちを中心とする荒くれた、残酷で何の騎馬の民のおきてにも縛られぬ、おのれの欲望をしか信じぬ連中が、草原の北東部を占領し、そして草原は、いよいよ危険なところになりつつある――少なくとも北東部はだ。そして、ただの石の町と化した南西部とのあいだにますます、懸隔は開きつつある。もう――草原は俺の――」

スカールの声はさらに低くなった。

　モスの詠唱がひときわ高くなって、そのスカールの声をかき消しそうになる。ヨナは耳をそばだて、スカールのつぶやきを聞き取った。

「もはや草原は俺の草原ではない。――だが、それでも、俺には、草原よりほかにゆくところとてもない。だから、俺は戻ってきた。――戻ってはきたものの……部の民が俺を待っていてくれたことに、いたく感動もしたし、心をうたれもしたものの、もはや、俺のいる場所はこの草原のなかにはない、ということを、俺は日々、感じずにはおられぬ。俺は、何処にゆけばよいのだ。――俺は、何をすればよいのだ。……俺は、もしかしたら、何回となく死に損ないすぎたのかもしれぬ。そのうちのどれかで、俺は死んでいるべきであったのかもしれぬ……」

「太子さま……」

　ヨナは、何か受け答えをしたものかどうか、迷った。

　スカールは、こうべを垂れ、何か、おのれひとりの深い物思いのなかに沈み込んでしまったかのように見えた。もはや、彼は、ヨナに向かって語っているのではないことが明白であった――スカールは、何か、おのれの内部に存在するもの――あるいはおのれの中にひそんでいる苦い物思いだけにむかって語っていた。

「そう、俺はおそらく、本当はもう死んでいるのだろう。俺は何回となく、死にかけた。そのたびに、だが、俺はなぜか死ななかった。確実に俺は死んでいるはずであったのだ

——何回かは、確かに死んだのかもしれぬ、とさえ思った——だが、俺は生きている」

「……………」

「何故だ」

スカールの声は、低く、そしてこの上もなく苦々しかった。

「俺は、何故生きている。——あの火の山をこえ……あのノスフェラスの嵐をこえ、あの業病をこえ——愛する妻の死を目の前に見、その仇を討つと誓い——いくたびも、血を吐き、髪の毛は抜け、幽霊のように病みやつれて——ほとんど死者とえらぶところのない姿となりながら、それでも俺はいま、ここにこうして生きて——生きて俺の草原に帰ってきた。しかも、その草原はすでに俺のものではなかった」

「……………」

「お前は、ナリスの側近、ナリスともどもに研究を重ねてきた学者にして、パロの参謀長であるといった」

突然に、ヨナの存在を思い出したかのように、スカールは云った。

「もし、それが本当なら、お前はナリス同様に賢く、草原の素朴な民にはとうていわからぬようなこの世の不思議を解明しているか、少なくとも解明しようとしているはずだ。——お前には、俺よりも沢山のことがわかるのか。だったら、教えてくれ、参謀長どの——俺は、何故、まだ生きているのだ？　なんだか、ときたま、この俺がこうしてあることは、何もかもがまやかしであるのではないか、という気がしていたたまらぬことがある。俺は――」

ふいに、スカールはヨナをふりかえった。

その黒い目が、あやしいまでの劫火をはらんで燃え上がり、スカールは猿臂《えんぴ》をのばしてヨナの細い腕をひっつかんだ。ヨナは震え上がったが、あえて声もあげずに耐えた。

「お前には、俺がどう見える」

スカールは呻くように云った。

「俺が、生きている人間に見えるか。――俺が、アルゴスの黒太子として知られたスカールその人に見えるか。俺のからだには、生きている人間の熱い血が流れ、俺のいのちはそのからだのなかで躍動していると見えるか。それとも、お前の――石の都からきた学者の目には、俺は……俺は、ただの死霊、さまよい歩く生きたしかばねに見えるか。どうなのだ。教えてくれ。草原の民には、聞いても答えはとうてい得られはせぬ。――というよりも、朴訥な草原の民には、そのようなことは想像とても出来はせぬ。俺がいったい何を云っているのかさえ、まったく理解出来ぬままだろう。俺とても、俺の民を――俺を忠実に待っていてくれ、俺の姿をみて歓声をあげてくれた部の民を、この上苦しめたくなどないし、なんとか少しでも、スカールの部の民であってよかったと思わせてやりたい。つねに、部の民のことだけを考えて、俺は動いているようなものだ。――

おのれ自身のことはもう、何も考えなくなってしまった。考えても、ムダのような気がするからだ」

「何故……」

ヨナは、不思議な胸狂おしさにとらわれながら、スカールの腕につかまれたまま口走った。

「何故、無駄とお感じになるのでございますか。——何故、太子さまのようなかたが、そのように……いったい、太子さまの上に、何が起こって、それで太子さまがそのようにお感じになるようになったのでございますか。……もしも、何か、強くお疑いのことがあるのでございましたら、よろしければ、このヨナにすべてお話し下さいませ。私でわかることであれば——数ならぬわたくしではございますが、なんとか、お力になりとう存じます。太子さまは、私のいのちをお救い下さいましたし……私の仲間を葬っても下さいました。……なぜ、太子さまのようなおかたが、そのようなふしぎな……私などには理解出来ぬようなお苦しみを持たれるようになったのでございますか？」

そうだ——とヨナは思った。

不思議なのは、その煩悶のすべてが、あまりにも、この草原の鷹に似合いもせず、似つかわしくもないことだった。この雄々しい草原の鷹は、見るからに生命力に満ちているようにみえたし、おのれがおのれであることに、何の疑いをも抱いていないようにも見えた。また、当然、そうあるべきでもあったろう。でなくば、それこそ、アルゴスの黒太子スカール、という、中原にも鳴り響いた名には似つかわしくなかった。

（いったい、何が——この勇者、草原の雄々しい黒い鷹の心をとらえてしまったのだろう。——何の病が、黒太子の心に巣くってしまったのだろう……）

ヨナは、腕をつかまれたまま、じっといぶかしさにたえかねてスカールを見つめていた。

と、スカールは、仏頂面になって、ぐいとヨナの腕を突き放した。それだけでも、ヨナがよろめいてあわてて体勢を立て直さなくてはならぬくらい、すごい力であるように思えた。とうてい、この相手が、どこか、からだに不調があるとも、ましてや、当人のいうような、おのれを死霊と感じるような何かがあったり、また、血を吐いて病みやつれたことがあるとも、想像がつかなかった。どこから見ても、スカールは恐しいほどの生命力にみちみちているように見えたし、それが、ことに小昏い闇の生命力である、という気も、まったくヨナにはしなかった。ただ、ひたすら、おのれら中原の、ましてやミロクの民とはあまりにもかけはなれ、あまりにも異質な、荒々しく激しい野性の生命力、と見えたばかりである。

「お前は、ミロクを信じているのか。信じているのだろうな。当然だ、ミロク教徒なのだからな」

突然、スカールは云った。ヨナはびくっとした。そのスカールのことばは、ヨナのなかに生まれたばかりの苦しみ——まだおのれのものとさえ認めたくもない、禁断の赤児にも似た苦しみを直撃したのだった。

「ならば、俺に、教えてくれることが出来るだろう。少なくとも、ミロク教徒が、なぜ、ああして抵抗もせずに死んでゆくのか、それを受け入れることが出来るのかを教えてくれるくらいは、お前のように明晰な頭脳をもつ者なら出来るだろう。——今夜から、お前は、俺の天幕をともに使うがいい。そして、俺の話を聞いて、そして判断してくれ。俺には、わからぬのだ。おのれが、いまだに生者であるのか、それとも、もう死者であるのかが、な」

スカールは云った。ヨナは驚きながら、そのスカールをただ見つめるばかりだった。そのスカールのことばの意味するものは、そのときのヨナには、当然のことながらまったく理解を絶していたのだ。

3

葬送の火は、予想よりも長く、三日にわたって燃え続けた。

死体の数が多く、その上に、スカールは死者たちの持ち物までも、燃えるものは残らず火にくべさせたので、すべてが燃え尽きるまでにかなり長くかかったのだ。その間、かれらはずっと火の番といった格好でその周囲に天幕を張って野営を続けた。

死体もすべてをいちどきに燃やせるわけではなく、スカールが作らせた火はいちどきに四、五体を燃やすのがせいぜいであったので、あたりにはずっとひとのからだの燃える、胸のわるくなるような匂いが漂い、そしてスカールと騎馬の民のなかでも年かさの、スカールの幹部とおぼしい連中は、相当に神経質になっているようだった。

それは、そのような状況にはうといヨナにもよくわかった。スカールたちは、この状態を、ほかのカシン族なり、それにつらなる連中に発見されて、その場を襲われることを何よりも恐れているようだった。

火葬は、炎が目立たない昼間だけ行われ、遠くまで大きなかがり火が見える夕方以降にはいったん火は消された。火を消すしかたもずいぶんと厳重で、決してほかに燃え広がらないように気を付けているようすだった。そして、そのあとに、こんどはごく小さな普通のかがり火が、夜の泊まりのために用意される。逆に、夜にまったくかがり火を焚かないで夜営しているものがいると、それは警戒され、調べられ、取り囲まれてもおかしくないのだ、とスカールは云った。

火葬のあいだじゅう、スカールは部の民たちに四方をぬかりなく警戒させ、そして、いつなりと、敵が襲ってきても応戦できる体勢を整えさせていた。そのようすも、いかにもいつなんどき敵が襲ってくるのも当然、と考えているありさまも、やはり《石の都の民》であり、そして子供のころからのミロク教徒でもあるヨナにとっては、きわめて異質なものであった。

草原の民を知れば知るほど、それがいかにおのれと異質かということが身にしみてくる——それが、ヨナの、日に日に強まってくる思いであった。

（人間はみな等しいとミロクは教える。——だが、それは嘘だ。嘘といって言い過ぎならば、等しいが、しかし異質だ。——あまりにも異質すぎて、私には、どのように理解したらいいのかわからない。それほどに、やはり、草原の民は我々とは——パロの民とも、そして沿海州の人びととも異質なように私には思える……）

火葬がすべて終わったのは、三日目の夕方であった。

だが、スカールは、その夜もう一泊、その場での夜営をするよう、部の民たちに命じた。それは、くすぶっている残り火が、うかうかと草原のほかの部分に燃え広がることがないように、完全に火が消えたことを確かめるための夜営であった。それがとどこおりなくすむとようやく、かれらは隊列を組み、南を指してその場を素早くはなれた。かれら自身も、こともなくこの場をはなれることが出来て、ひどくほっとしているのが、傍目にもよくわかった。

「今回は、カシン族がおのれの仲間を捜しにきて、このようすを発見することもなく、運がよかった」

スカールは、ヨナに説明した。

「といって、来られたところで、どうということはなかったがな。我々は強い。数に数倍する敵に取り囲まれたところで、まあ、なんとか切り抜けることは出来るだろうし、何よりも、我々は草原を知り尽くしている。——まあ、お前を連れている、ということは多少の弱点にはなるかもしれんが、なんとかなるだろう。——だが、そういうことはなかった。これでもう、カシンの連中が、あの殺戮が我々の仕業であり、その原因が、カシンがミロクの巡礼を殺したことにある、ということも、草原では、永久に灰になったのだ」

「……………」

ヨナは、複雑な思いで、黒こげになった、回りの草を切り払われ、燃え残りのものがごろごろと転がっている火葬の場を見つめていた。

死体は完全に骨になるまで焼かれ、そのあとで、骨はその地のまわりあたりに埋められた。深く土を掘ることは誰もせず、浅く掘って、多少見えなくなる程度までの穴をあけただけで、その中に死体をすべてひとまとめにして落としこみ、上からそれが見えなくなる程度に土をかぶせる、という後始末のしかたであった。それでも、それは、一応の「埋葬」ではあるのだろう、とヨナはおのれを納得させていた。

(オラスたちは――この寂しい草原にひっそりと誰にも知られることもなく、墓標もなく眠ることになるのか……)

「ものの三ヶ月とたたぬうちに、あそこもみるみる、草が生い茂る。そうなれば、あそこに何があったのかはもう誰にも知られぬ。ただ、ちょっと丘のように見えるだけだ。それもやがて、長い年月のあいだには、その下に何があったともわからぬようになってゆく。――もしも、お前が望むなら、若木を持ってきて、目印に植えてやってもよいが、草原の民でさえ、その木を目印にまたこの墓を見つけだすのは困難だろうな」

「いえ……その手間には及びません」

ヨナはひっそりと答えた。オラスたちの遺品を持ち帰ることも、ヨナはしずにしまった。どちらにせよ、おのれが、もし無事にクリスタルに戻ったとしても、それからオラス団の消息を告げにサラミスにおもむくようなことはせぬことが、わかっていた。

(どうしても——思わずにはおられぬ。……ということは……マリエたちも、もしかして、このような運命をたどり、そしてどこかの草原の野末に……)

もっとも、この火葬にせよ、これだけの手間をかけてこの惨劇のあとを葬るのは、スカールの部族であるからだ、ということは、スカール自身がはっきりと説明したところだった。

「これが、もしほかの……いま草原にそれなりにはびこり、勢力をふるっている部族ならば、そんな手間はかけず、何もかも、起きたとおりのままに放っておくだろう。——いずれは、生い茂る草が何もかもを始末してくれるし、そうでなかったところでどうということもない。死体はいずれ朽ち果てて土に還り、草と木々を肥やしてくれるだけのことだし、あれこれのものは、欲しいものがあれば取ってゆくだろう。——もし、かれらの部族がきてこの痕跡を見つけ、どこの部族がやったのか探し出して復讐をたくらんだとしても、どうということはない。どちらにせよ、敵対する部族どうしは四六時中いがみあっているのだからな。——だが、俺は、いま、どの部族にも属しておらぬ」

「そうなのですか。——その、グル族、というのは……?」

「いまはもう、グル族は、きわめて小さな部族になりはててしまった」

スカールは回りの、おのれを慕う部の民たちを見回しながら云った。

「かつては、草原の中心部では一番大きいとされている部族だったものだがな。さまざまなことがあり、長やそのあとつぎも命をおとし、子供たちも増えず、やがてグル族はごく少ない、先細りの部族となりはててしまった。半分は俺のせいでもある」

「そのようなことはございませぬ。太子さま。すべては天命にござります。決して、太子さまのせいではございませぬ」

スカールのかたわらにいつも忠実に仕えている、部の民の幹部たちのなかでももっともスカールの右腕とおぼしい、タミルという男がすばやく口をはさんだ。

スカールはわかっている、というようにタミルにうなづきかけて言葉を続けた。

「それゆえ、いまのグル族には、たとえばカシン族を引き受けて戦うだけの力はない。だからこそ、俺は、こうして警戒して、グル族のもとにカシンの復讐を引き寄せぬよう、気を配ってやらねばならぬのだ。我々自身は——黒太子スカールの部の民は強い。おそらく、草原でもっとも強い一団であるかもしれぬ。だが、グル族の残りのものたちは、女子供と老人ばかりになっている。そして、ひっそりと草原の、あまり強敵に出くわさぬ場所を選び、アルゴスの領土の周辺にへばりつくようにして生きながらえている。我に復讐するかわりに、カシンならば、そのグル族の弱い部分を狙って襲ってくるだろう。それだけは、避けてやらねばならぬからな」

スカール一行は、そうして必要な警戒をすませると、そのまま、その地をあとにして、天幕をたたんで馬の鞍のうしろにくくりつけ、何頭かの馬には荷物だけをのせてそれぞれ別の馬に乗った騎馬の民がその馬を一頭づつひく、という隊列を作って、南に向かった。

ヨナの頭の傷はその三日がよい休養になって、かなり治ってきていたし、それに体力もいささかは回復していた。いかにか弱い文弱の徒とはいえ、ヨナもまだ若くはあったし、それに、ヨナの頭の傷は、出血が多くて派手ではあったが、骨には響いていない、表皮だけのものであったので、治りも早かったのである。ヨナが少し具合がよくなると、スカールは、若い部の民に命じて、ヨナが馬に乗れるよう、面倒をみてやるよう言いつけた。それは、ヨナにとってもよいことだった——ずっと、火葬の炎を見つめながらあれやこれやとものを思っている、というのは、ヨナには、あまりにも辛いことだったからである。

そうするかわりに、ヨナは、火葬の場をはなれて、草原を若い部の民のシャチに教えられながら、必死になって乗馬の稽古をするはめになった。だが、もとより、この時代の人間である。まるきり、何の下訓練もないというわけでもなかったので、三日間、少しづつ手ほどきを受けると、とりあえず、のんびりと並足で歩く程度なら、なんとかヨナも馬に乗れるようになった。

「これならば、とりあえず鞍のうしろに縛りつけて運ばなくても大丈夫でしょう」

シャチが笑いながらスカールに報告したのは、三日目の夕方であった。

「見かけよりもこの学者先生は筋がいいようですよ。けっこう覚えが早いし、それに、運動神経も悪くないので、ものの三日もずっと馬に乗って草原を旅していれば、ずいぶん馬を乗りこなすようになると思いますが」

「それはいい」

スカールは笑った。

だが、それはヨナにとってはなかなかの重労働でもあった。馬に長時間乗る、などということは、想像したこともないような暮らしであったし、パロではどんなときでも、乗合馬車もあれば、また参謀長、パロ王立学問所の博士ともあればおのれのための専用の馬車も用意され、どこにゆくにもさしまわされるようになっていたので、何時間も馬に乗るなどということはまったく必要なかったのだ。

最初の日はヨナは内股の筋肉がひきつって、夜寝るときにさんざんシャチに笑われながらもみほぐしてもらわなくては足をのばすことも出来なかったし、何回か馬から振り落とされもした。また、三日目には、足といわず腰といわずひどい筋肉痛になっていた。それには、騎馬の民たちが「馬の油」と称する特効薬をつけてさすってくれたが、それでたちまちすべてが快癒するというわけには、まったくゆかなかった。

それで、いざ旅がまたはじまったときには、ヨナとしては、なんとなく自分がぼろぎれのかたまりにでも、なったような気分であったが、しかし、そうして馬と格闘して過ごした三日間は、ヨナにとっては、思いがけない効果をもたらした。――毎日毎日、そうやってからだを激しく使って疲れはて、精魂つきはてて倒れるように寝床にころがりこむことになったので、さしも惨劇の翌る夜には一睡もできなかったヨナも、疲労のあまり、夢さえ見ずに泥のように眠りこけるしかなかったからである。

そうでなければ、ヨナのような神経質な魂にとっては、目のあたりにした惨劇はいつまでも尾をひき、それこそひどい不眠症の上に、夜な夜な亡霊たちに襲われるような悪夢をもたらしたかもしれなかった。だが、疲れきってぼろぎれのようになって、スカールとシャチやタミルに怒られてともかくあるものを腹に詰め込んでそのまま倒れるように眠る、ある意味健康的な日々は、ヨナの精神にも肉体にも、回復の劇的な効果を与えてくれたようであった。

このような毎日を送って、馬で草原を走り回っていれば、あまり味のしない肉くさいヒツジ《フラー》のゆで肉を、甘辛い強烈なたれをつけて山のようにむさぼりくらい、そして夢もみずに眠りこけるしかないに違いない――それは、ヨナにもこの体験でいやというほど知られたことであった。それに確かに、そうしていれば、物思うひまもなければ、その惨劇に思いをはせて暗い気持になっているいとまもないに違いなかった。

（なるほど、このようにして、草原の民というのは草原の民となり――騎馬の民は騎馬

の民になっていったのだな）
ヨナでさえ、そう考えて感心せずにはいられなかった。
（このような暮らしをしていれば、それは確かに……生死も大した問題ではなくなるだろうし、精神などというものは、肉体の前にたいした意味をもたぬものになってゆくかもしれぬ。それに……あのような運命もまた、ただ単なるいくつもある運命のひとつとして、あっさりと受け流されていってしまうのだろう……）
もう、ヨナは、旅がはじまるころには、オラスたちの死についても、そしてその死をもたらしたカシン族たちの惨死についても、それほど思いわずらうことがなくなってい た。もし、このような経験——というのは、草原の民たちとの、乗馬の訓練を含めた野宿の日々のことだったが——がなかったとしたら、ヨナの性格では、それはいつまでも尾をひき、ずっと影を落とす、忘れることのできぬ体験になったに違いない。だが、南への、スカールとともにゆく旅がいよいよはじまったとき、ヨナは、オラスたちの埋葬されたかたちばかりの墓に向かって、ミロクの祈りを捧げもしたし、水と酒を手向けもしたが、しかし、むしろ、旅立ちのはじまりにひそかに胸が高鳴っていることをも自覚していたし、もうおのれがオラスたちの運命にそれほど心を重くしていないことも理解していた。かれらは、そうした運命がありうることも理解した上で巡礼の旅に出たのだ——そしておそらく、ミロクの教えに従い、あらがうこともなく殺されていったかれらにとっては、そこにはミロクの天国への門が開けていたに違いない。ヨナは無理にでも、そのように考えておくことにしたし、それはヨナの精神状態のためにはとてもよかった。

スカールはかなり親切にヨナを扱っていたので、ヨナを最初の数日はシャチの馬の鞍のうしろに補助の鞍をつけて乗せてやり、途中道のよさそうなところにきたときだけ、ひいている替え馬に鞍をつけておいて、ヨナに乗馬の訓練をさせた。だが、三、四日もそのような旅を続けるうちに、ヨナは、すっかり馬に馴れてきて、シャチの鞍のうしろにつかまって乗っているよりも、おのれで馬を御して草原をゆくほうが楽になってさえきたのだった。

もう、それほどに筋肉痛に悩まされることもなかった——それどころか、ヨナは、か弱い、か細い自分の太腿やふくらはぎに、しだいに筋肉が固くついてきたことに気が付いて一驚したのであった。これまでの人生で、文弱でなかったことは一回としてなかったので、おのれの知能のはたらきや、知性、それに学識については自信は持っていたけれども、肉体的能力についてはまったく自信を持ったこともなかった。だが、その自分でも、毎日そうして鍛えていれば、ちゃんと肉体的な能力というものは発達するものなのだ、ということを、ヨナははじめて知ったのだった。それはなかなか、ヨナにとっては新鮮な経験であった。

旅は、ほとんど毎日何も変わることもなく、つつがなく続いていった。スカールがおそれていたカシン族の復讐が襲ってくる、ということもどうやらまぬがれ、カシン族はおのれの部族の一部分がそうやって不慮の死をとげたことをまだ知らぬか、あるいは気に留めておらぬか、それをスカールの部の民がしたのだ、ということをまったく知らぬままでいたのだろう。草原にはほとんどこの季節、雨が降ることもないゆえに、来る日も来る日もほとんど何の変わりばえもせぬ、うんざりするほど青い青い空が、朝がくるたびにヨナの上にひろがっていた。また、草原の眺めも、むろん多少の起伏の違いもあれば、木々のさまの違いもあり、遠くに多少の人影が見えることもあれば、どうやら天幕らしいものがかげろうのなかに見えることもあったのだが、基本的には、まるきり、毎日見る眺めは何ひとつ、展開したり、変化したり、ということがなかった。

そのなかを、毎日毎日、馬に乗って旅していると、時間の感覚も、空間の感覚もおかしくなってしまいそうであった。昨日と今日と明日の区別もつかなくなり、永遠にこうして草原を旅しているのではないか、というような錯覚にとらえられてくる。

夜がくる前に、スカールは停止を命じ、そこに今夜の夜営の用意をさせる。騎馬の民は草をざっと刈り取り、その刈り取った草を馬どもにかいばとして運んでやって食わせ、草を刈り取ったあとに天幕を素早く、熟練した手さばきで組み立てる。毎日の作業であるから、実に手慣れたものだ。

だが、大きな天幕を使っているのは、スカールと、その同じ天幕に入ることを許されたヨナのほかにはなかった。ほかのものたちは、ごく小さな、真ん中に一本の支柱だけを立てて、そのまわりに三角の小屋状に天幕の布が垂れ下がる、そのなかには人ひとりがもぐりこんでも真横になって眠ることは出来ないくらい小さな小天幕を張るものもいたが、馬の鞍にちょっとした張り出し屋根のようなものを張ってその下に敷物をしいてその夜の床とするものもいれば、また、てんから何もそんな屋根など必要ともせずに、馬のかたわらに敷物だけをしいてごろりと寝てしまうものも多かった。草を刈り取ったあとに立てられたスカールの天幕の前には、必ず大きな焚き火が焚かれ、その燃料は刈り取った草と、それにそのあたりから騎馬の民が集めてくる、枯れ枝や枯れ草などであった。いくら集めても広大な草原には、それらの資源の尽きることはまったくありえないように見えたし、事実、草原といってもかなりあちこちに灌木が茂っていたので、その枯れ木や枯れ葉を集めて幾夜燃やしたとしても、とうてい草原の一部にさえ、穴をあけることは出来そうもなかった。

その焚き火で、これも持参している、太い木のすすけた棒と横に渡す鉄棒を組み合わせて作る臨時のコンロが作られて、それに巨大な鍋ややかんがかけられ、持参している羊肉をゆでて、かれらは食事の用意を調える。食糧は毎日何のかわりばえもない、ゆで肉であった。もともとかなり乾燥させて持ち歩けるようにしている羊肉のかたまりを、ゆでて、そこにそのへんから集めてきた香草を投げ込んで香りをつけ、たまには持参の袋から米を投げ込んで一緒にゆでるが、それはかなりの御馳走で、普段は羊肉のほかには、それぞれがやはり背中の袋にいくつかづつ入れて携行しているイモをまるごと放り込んでゆでて、肉とともに食べるだけである。何頭かの馬が、食料やそうした荷物の運搬用に曳き馬として荷物を背中に積んで曳かれながらついてきていて、そのうちの一頭は羊皮の頑丈な袋に入れた馬乳酒専用になっていて、その馬の鞍には、ぎっしりとまるで南国の果物、葡萄の巨大なもののように馬乳酒を入れた袋がいわばなっているのだった。その袋を、一晩にひと袋づつおろしてきて、それを騎馬の民は回し飲む。その袋には、角を刻んで作った注ぎ口がついていて、それをひねって、持参の杯に注いで飲んではとなりにまわすのだ。そのときには、スカールが最優先されはするけれども、ただ最初にそれを飲むというだけで、量も、またそれ以外に何か特に特別扱いされるということもない。スカールも、この部の民の集団のなかで最年少でまだ十五歳だという少年のイミルも、食べたいだけ食べ、飲みたいだけ飲むことが許されているのには、何の変わりもない。それはむろん、客人であるヨナもそうだった。

騎馬の民たちはそれぞれに、背中に背負った袋のなかに、角製の杯とそれより大きな椀、それに羊皮の細い袋にきっちりとおさまるようになっている角や木で出来た箸とさじ、それに食事用のナイフを持参している。すべての食事は、調理をも含めてそれを使って行われた。固い肉を削るときだけには、腰の蛮刀を使うこともあるが、それはごく例外的なものであるようだった。

ヨナにも、予備の、それらの食器類と身の回りの道具を入れた袋があてがわれた。ヨナはそこに、惨劇の場からかろうじて救い出してきたおのれの荷物のなかの、数少ない貴重品をも入れていた。といっても、大切なのは、ナリスの本と、あとは筆記用具と旅費用の金の袋くらいのものだったのだが。

騎馬の民は、ヨナから金をとることなどはまったく気にしておらぬようだった。スカールが認めたからには、ただ単にひとり、ともに旅するものが増えた、というだけの話で、それがどのような存在だろうと、まったく気にしておらぬように見えた。それはヨナには気楽でもあったし、また、そうした毎日はしだいにヨナのおもてに、明るい表情をも取り戻させていった。

騎馬の民ならぬヨナには、いったいどうやってスカールたちが方向を知り、どちらに向かって進むかそのように確信していられるのか、さっぱりわからなかった。かれらはまったく、草原のなかにほそぼそと続いている赤い街道など、頼ろうとしなかったからである。かれらの一団——総勢四十人ばかりの——は、何のためらいもなく草原のなかをまっすぐに馬を歩ませてゆき、ヨナにはいったいおのれが草原のどこにいるのか皆目見当がつかぬような、右をみても左をみても、どこからどこまで広大な草原のひろがりとはるかなウィレン山脈の影絵のような姿しかないような同じ草原のただなかにためらいなく馬をとめて野営の用意をした。それでも、かれらが着実にどこかに向かっているのは確かであったし、それが、いずれはヤガに向かうのであることも、間違いなかった。

「ヤガには、あと十五日ほどでつく予定だ」

スカールが、そう断言したからである。

「その前に、ともかくいったん、補給のためにウィルレン・オアシスに数日泊まる。お前とても、それほど急いでいるわけではあるまい？」

「はい、時間的には、そのように急ぐ理由は私にはまったくございません」

「だったら、まあ、もうちょっといくつかのオアシスに寄ってゆけるゆえ、それならばあと二十日で沿海州のあたりに着くことになろう」

「どうして、太子さまたちには、道がおわかりになるのでございますか？」

不思議にたえず、ヨナはとうとう聞いてみた。前から、聞きたくてたまらなかったのだ。

太子は呵々と笑った。

「俺たちには、地図など必要ない。俺たちにとっては、天の星々がすなわち道をすべて明らかに示してくれる空のもっとも確実な地図にほかならぬ。——草原には、目標にするものなど、それほどないからな。南へ馬でどのくらい、そこから東へ何日分くらい、それでどこのオアシスに出ると、すべては、星々が教えてくれるのだ。我々は、草原にいるかぎり、道に迷うことなどない。草原すべてが、我々にとっては同じ母なる大地にほかならぬのだからな」

4

スカールや騎馬の民たちにとっては自明のことであるかもしれぬその「星々の地図」なるものも、ヨナにとっては、しかし、いくら読み方を習ってもなかなかに読み解けるものではなかった。

「そういえば、しかし、沿海州の、老獪な船乗りたちは、星々と、あとははるかな島影などだけを頼りに長い航海をいたします」

ヨナは、スカールが面白そうに天幕の前に持ち出させた床几によりかかって、じかに草原の草の上になめした羊皮をしいて座り、馬乳酒をゆっくりとなめながら聞いている前で話した。夜になって、野営するときになると、スカールはヨナをおのれのかたわらに呼び寄せ、食事が終わってあとは眠りにつくだけ、という、夜が更ける前のひとときを、ヨナにあれやこれやと中原の話を聞いたり、ナリスのことをたずねたり、またおのれもいろいろと話をして過ごすのが、しだいに習慣のようになっていたのである。

「わたくしは沿海州の生まれとはいえ、父親は石工でありましたし、十二歳でもう、パロからの使節団に連れられて生まれ故郷のヴァラキアをはなれ、そのままパロで生い育つことになったわけですので、もとより沿海州の船乗りたちの技術だの、知恵などについてはまったく存じませぬ。しかし、確かに、沿海州の船乗りたちの舞台とするドライドンの海と、そして草原の民のいうところの《モスの大海》とでは、なにがしか、似通ったところがあるように思います」

「まあ、あとは、ノスフェラスの砂漠もな」

スカールは面白そうに云った。スカールは、時として体調の微妙にすぐれぬことがあるようで、そのようなときには天幕にひきこもったまま、ヨナにもしばらく隣の小天幕をでも使っているよう、申し渡すときもあったが、一方、とても気分がよくなるときもあるとみえ、そのようなときには、ヨナといろいろ話をしたがり、さまざまな知識を得るのに積極的であった。

「俺は、信じられぬかもしれぬが、ノスフェラスの砂漠のかなり奥深くまでをさまよったことがあるのだ。——こやつら、いま俺とともにいる連中ではない、その兄や父や、あるいは祖父だの、といったグル族の民をひきいてノスフェラス深く分け入り、さまざまな不思議を目のあたりにした。——確かにあのノスフェラスの砂漠を見たものには、ダネインの大湿原などといっても、ただの泥沼の水たまりのようなものでしかないかもしれぬ。だが、レントの海、コーセアの海——そして、この、われらがモスの大海に関しては、それはノスフェラスにも匹敵するとも云えるかもしれぬ。何よりもまず、そこを旅するためには、それなりに知識と経験と装備とがなくば、生き延びてそこを突破することはまずありえぬ」

「ノスフェラスについては、いまだ残念ながら、それをかいま見るさえ機会を得ませぬが……」

ヨナは、あれほどにナリスが憧れていたはるかなノスフェラスまでも踏破した、という、目の前の不思議な黒い英雄に、いささかのひけめを感じながら云った。

「わたくしも十二歳でレントの海をわたり、長い航海をいたしまして、そのあと長々と内陸の旅をしてクリスタルに到着いたしましたので……あのとき、海の旅についてはいささか見聞きするところもございました。好奇心の強い年頃でもございましたので、海のさまざまな怪異や不思議についても胸を躍らせて聞いたものでございます。しかし、そのあとはもう、ずっと内陸のパロにおりましたので、そのような不思議についてはついぞ体験することもございませんでした」

「お前は、いつから、ミロク教徒になったのだ?」

スカールは、ヨナの人柄や、またそのいっぷうかわった経歴にも、いささか興味をそそられているようだった。

「生まれたときから、ミロク教徒だったのか。父親がミロク教徒だったと云っていたようだったな。親がそうであるゆえ、そのままそうなったのか」

「はい。まあ、そのように申してよろしいかと思います。もともと、さまざまな試練のはてに、ミロクのみ教えだけが救ってくれる、と思いきめてみずから選んで身を投じる、というようなかたちではなく、父も、姉も、早く亡くなった母もミロク教徒である、という貧しい家庭で育ちましたために、ごく自然にミロクの教典を耳にする機会も多く、おのれで選ぶより早くミロク教徒としてさだめられていた、というようなところがございました。――しかし、長ずるに及んで、ミロクの教えには、おのれの気性にかなったところも多くあると思い、ずっと、それについては何の違和感も持っておらなかったのですが、クリスタルに到着し、いろいろありまして……ジェニュアの僧房に預けられることとなりましたので、もしもパロで出世したいのであったら、ミロク教の信仰はなるべく捨てるように、そしてヤヌス教団に帰依するようにとさとされました。それで、いっときは、こののちずっとクリスタルで研究を続けたかったので、ヤヌスの教えも真面目に学び、また、魔道学もおさめなくてはならなかったのですが……どうも、ヤヌス教については、あまり真剣に帰依する心持になれませず……」

「ヤヌス教というのはパロでみながよく云う十二神を中心とする宗教だな。パロの王がすなわち祭司長の家柄でもあるという」

スカールは面倒くさそうに云った。

「俺はどうもあれは眉唾のような気がしてならなかった。というよりも、パロのやつらというのはどうもみな、眉つばもののように思われてならなかったのだが、お前は、沿海州からきて、クリスタルで学び、そうは思わなかったのか。沿海州の民は騎馬の民と、それほど気質的にかけはなれてはおらぬと思うのだが——むろん、まるきり相容れない部分も多々あるのも事実だが」

「はい。確かに、ヤヌス教はあまり、ヴァラキアの民であるわたくしにとっては、魅力がございませんでした。しかし、ジェニュアにとどまり、僧房で養育されているからには、ひととおりヤヌス十二神教団についても学ばなくてはならぬと思い、一心不乱に神学をもおさめたのですが……その間、結局ミロク教徒としての筋を通す、というほどミロク教に深く忠誠を誓っているわけでもございませんでしたので……わたくしにとっては、ミロク教というのは、むしろ、おのれの行動の指針としてとても気持にかなったものでございましたので」

「戦わず、犯さず、盗まず、とかいう、あれがか」

スカールは首をひねりながら云う。

「俺たち騎馬の民がもっとも理解出来ぬ、それがお前には最も心にかなった部分だったというわけか。そこがどうも、わからぬな。——お前はきわめて理知的な頭脳を持っているように見える。あのナリスがそばづきに気に入ったくらいだからな。あやつもあやしいやつではあったが、あれほど頭の切れるやつはめったにおらぬだろう、という気が、いつも俺はしていたものだった。もっとも、頭が切れすぎるからこそ、最も肝心かなめのことがわからなかったり、妙に抜けていたりするものだな、ともひそかに思っていたがな。そのナリスにそのように気にいられていたお前が、殺されても戦わぬとか、盗まれても怒らぬとか、悪事を働かれても罰せぬとかいう、あのミロク教のたわけた教えを、なぜ、受け入れ、あまつさえ気持にかなったものだと思うことが出来るのだ？　ミロクの教えを信じるならば、それこそ、いかに掠奪されようと、どのような暴行を受けようと、ただそれになすがままにされているというだけのことではないか？」

「それを、ミロクは、さらに深い愛の心をもって、おのれを殺し、奪い、ぬすむ者を許し、その者のために祈るように、と説かれたのですが……」

ヨナはちょっとにがい微笑をうかべた。

「確かに、わたくしの信仰はこのたびのオラス団の全滅によって、かなりゆらいでおりますし、それに、それをいうならもともとわたくしは、ミロク教のそのような部分がもっとも心にかなっていたわけではなかったのかもしれません。行動の指針と申しましたのは、欲張らず、食の欲、性の欲、出世欲や名誉欲、そういったひとの心をかき乱す欲望というものをすべて極力去って、澄んだ心で暮らしてゆきたいと——それには、ミロクの教えがとてもふさわしい、と思われましたので……」

「なるほどな」

　スカールはわかったような、わからぬような顔でうなづいた。

「まあ、そう思う者もいるのかもしれん。俺にはわからんがな。――しかし、お前は、では、これからヤガに下ってヴァレリウスの任務とやらを完遂しなくてはならぬのだろう。そのさいに、邪魔が入ったらどうするつもりだ。どうあっても、相手を殺さなくては切り抜けられぬ、という場合にぶちあたったら、お前はどうするつもりだ？　云うだに俺は思うぞ。ミロク教徒などというものほど、密偵だの、ましてや一国の政治だの、また外交だのに不向きな連中はおらぬのではないかとな。何があろうと殺すことも、剣をとって戦うことも、また欲望をほしいままにすることも出来ぬのだったら、それはただ、悪心をもって襲ってくる連中のなすがままにされているしかあるまい」

「わたくしも、いささか、そのように思いはじめております」

　ヨナは苦笑して認めた。

「それに、わたくしはもともと、あまり忠実な心の底からのミロク教徒であったわけではないかもしれない、ということは、さきに申し上げました。――実は、わたくしはすでに何回もミロクの教えに背いております」

「ほう」

「ナリスさまのおそばにおりまして、いくたびか、これはどうあっても、わたくしも剣をとって、かなわぬまでも戦わなくてはならぬ、と思ったことがございました。――また、何回かは、殺したいと思うほど憎んだこともございます。――そのような思いを抱くことそのものが、すでにミロクの教えには、私自身が、あまりそぐわない存在である、ということであったのかも知れません」

「殺したいほど憎んだ。それは、誰だ。お前を捨てた女とかか」

「いえ。私は、これまでに女性とそのように深いちぎりをかわしたことはまだございません。女性に対して、生涯をともにしたいと思う強い愛情を感じたこともございませんので、憎むこともございません。――私は、ナリスさまを殺した……少なくとも殺すきっかけになった、と思ったあいてを、出来ることならば殺してやりたいと――私自身が殺すことが出来たら、ナリスさまはまだ生きていられたのかもしれない、と思いました。

……しかし、その相手は、わたくしにとってはひとかたならぬ恩義のある相手で……昔は兄分としてとても崇拝し、愛していた相手でありましたから……むろん、また、ミロク教徒でもあるわけですし、そのような憎悪の感情を持つこと自体がいまわしいことであると思いましたが……え？」

「いま、何といった？」

スカールは、おのれをおさえようとするかのように、ゆっくりとたずねた。

「ナリスを殺すきっかけになった相手？――それは、話によれば、げんざいのゴーラ王イシュトヴァーンではないのか?」

「はい」

ヨナはうなづいた。

スカールの目が闇のなかでするどく光った。

「その相手は、お前にとってはひとかたならぬ恩義があり……兄分として崇拝し、愛していた、だと? お前は、ゴーラ王イシュトヴァーンとどのようなゆかりがあるのだ。お前は、ヴァラキアの生まれだったな。確か、あの男ももとはヴァラキアの——ヴァラキアで、お前は、あの男を知っていたのか」

「知っていたどころか」

懐かしさと——そして、あまりにも複雑な思いとに引き裂かれながら、ヨナはうつむいて答えた。

「わたくしが、こうしてクリスタルにたどりつき、王立学問所の教授だの、パロの参謀長だのと、人がましいことをいっておられますのもすべては、彼——イシュトヴァーンのおかげでございました。彼とは、ヴァラキアの下町チチアで知り合い……私の姉は、これもミロク教徒でございましたが、美しい少女でございましたので、ヴァラキアの好色なおえらがたに目をつけられ、しかしミロク教徒でございますので、決してなびこうとしなかったために、ついに手ごめにされて、ミロクの教えにそむいて自殺してしまう、という悲しいさいごをとげたのですが、その好色なおえらがたが、私ども一家にも累を及ぼそうとしてきたときに……イシュトヴァーンはチチアの不良少年で、身命をなげうって、それまで縁もゆかりもなかった私を助けてくれました。——私がお礼にできたことは、ほんの少々、彼に読み書きを教えることくらいだったのですが……彼のほうが四歳年上だったのですが、彼は読み書きが出来ぬことにひどく劣等感を持っていたので——でもそれから、またさらに私の身があやうくなったとき、彼はまた、単身貴族の館に乗り込んできて私を救出してくれ、それだけではなく、彼がおのれの夢のために貯めていた多額の金を持たせてくれて、ちょうど碇泊していたパロの使節団の船に私を連れていってくれ、自分の弟だといって……パロに連れていって勉強させてくれと頼み込んでくれました。……私は、そのおかげで、パロのリヤ大臣に拾われ、クリスタルまでの旅をして、そして学問の道に入ることが出来たのです。その恩義は、一日として忘れたこともありません。——しかし、その後、彼がナリスさまの……死の原因となったとき、私は、ナリスさまのおそばにおりまして……彼にたいして、そのおのれの苦しみをどう始末してよいかわからず、おそらくずいぶんと恩知らずなふるまいをいたしました。……のちに、彼からは、ゴーラにきてくれ、というような話ももらったのですが、それも、すげなく断ってしまいました。自分でも、ずいぶんと不人情な人間だ、恩知らずなやつだとうしろめたくは思いますけれども、しかし……」

「――そうだったのか」

ゆっくりと、その話をかみしめるように、スカールは云った。

その黒い目は、黒い、濃い眉の下で、何かをつらぬくように鋭く光っていた。

「ゴーラ王イシュトヴァーン」

スカールは、まるでにがいものを口にするかのようにそのことばを口にのぼせた。

「きゃつは、俺の怨敵だ。――ひとたびはついに復仇をなしとげたかと思ったが、きゃつはしぶとくもその俺の手をすりぬけ、いまだに無事にあるばかりか、ゴーラ王としてとりあえず安泰になりつつある。いずれ、必ず、ゴーラを叩きつぶし、イシュトヴァーンの首をとってやる、というのが、俺がいまこうして病みはてた身を生きながらえている、たったひとつの理由なのだが――」

「それは……また……」

「そのイシュトヴァーンにも、そのような、一応熱血の若き日があった、というわけだな。――そして、お前は、そのころのイシュトヴァーンに助けられたという。――俺が出会ったイシュトヴァーンは、国境地帯の野盗、山賊の凶々しい若き首領だった。きゃつの手にかかって俺の最愛の女はあえないさいごをとげた。そのとき以来、俺は、何があろうときゃつのいのちをとらずには俺は死なぬ、と誓った。――いま、俺が生きているのは、おそらくその怨念だけが支えとなってのことだ。……そうでなくば、もっとずっと早くにあのノスフェラスで、あるいはあの山中で、いや、そのあとのいつでも、俺はとっくに息絶えていただろう」

「いつぞやも……おのれは、死霊なのだ……というようなことを仰有いました」

ヨナは、奇妙な身震いを感じながら、スカールをじっと見つめていた。

スカールは、まるでヨナが突然にイシュトヴァーン自身に変身をとげた、とでもいうかのような、刺すようなきつい目でじっとヨナを見つめた。

「なぜ……でございますか」

ヨナは、ひるまなかった。剣をとっての戦いこそせぬが、ヨナの気性は果断で勇敢なものだ。それどころか、おどされようと、殺されようともおのれの信ずるところを貫く、というミロクの心こそが、ヨナがミロクにひかれた最大の理由でありさえしたのだ。

「なぜ、太子さまは、おのれを死霊だと云われるのですか。——それに、こうして拝見していても……失礼ながら、太子さまは、とてもお元気に——かくしゃくとして、この上もなく健康そうに、たくましく見えます。——しかし、いま、病みはてた身をながらえて……とも仰有いました。……スカールさまは、どこをどう病んでおられるのですか。……私には、とうてい、スカールさまがご病身には見えませんが……」

「客人」

ヨナの云いようが無礼だ、と感じたか、それとも、スカールが血相をかえるのをおそれたか。

タミルがゆるりと、少しはなれた馬の鞍の前の敷物から身を起こしかけた。

だが、スカールは、手をあげてそれをかるくとめて、心配ない、というように首をふってみせた。タミルがまた、敷物の上にうずくまる。

「確かに、知らぬものには、俺は健康にも見えようし、かくしゃくとしても見えようし――殺しても死なぬ戦鬼のようにも見えようさ。また、事実、最近の俺は、疲れも知らぬ。以前のようにもう血も吐かぬ。ある偉大な魔道師が――何人かの魔道師どもにあやしいその手妻のようなわざをかけられたり、ある黒魔道師には、そやつのおかげでどうやら、大人しく死んでおればよいところを、死の淵から引きずり戻されたようだが、それはむしろその黒魔道師の傀儡となることだったようでな。まあ、そのような話をしたところで、なかなかに普通人であるお前には信じてもらうすべもなかろうが――」

「………」

驚きながら、ヨナはそのスカールのことばを聞いていた。

およそ、草原の民の気性の粋のようなスカールの口から、「魔道師」などということばが洩れることそのものが、ひどく不似合いに思われたし、想像がつかなかったのだ。スカールと魔道師の接点、などというものが存在しようとは、ヨナにはなかなか思われなかった。

「だが、さいごに、俺がめぐりあったのは真に偉大な魔道師であったし、また、黒魔道から逃れ、本当の魔道の真髄をきわめようとした男だった。お前はさきにパロで魔道学をもおさめたといったな。ならば、イェライシャ、という名前を聞いたことがあるか」

「イェライシャ」

ヨナはためらいながら云った。

「一応、存じてはおりますが——わたくしがおさめた魔道学などというものは、ほんのかじった程度の初歩のものでございまして……ルーン文字の読み書きや、魔道の簡単な手ほどきなどは、受けたのでございますが、魔道の歴史であるとか、偉大な現存の魔道師などについては……魔道師宰相ヴァレリウスであれば、おそらくくわしく知っていると存じますが……」

「ヴァレリウスか」

スカールはかすかに、面白くもなさそうに笑った。

「あの男も、相変わらずパロの宰相などをやって、苦労しておるのだな。——あれもなかなかしょうもない男だが、面白い男でもある。パロの人間としては珍しくなかなか率直に語りもするので、そこは面白いが、所詮魔道師は魔道師だからな。……魔道師が宰相になれるなどとは、俺は思わぬのだが、まあ、ほかに人もおらぬのだろう。……それはどうでもよい。イェライシャの名についてよく知らずとも不思議はない。それは、ごく魔道にたけたものや、専門の魔道師たちでしか知らぬであろう偉大な魔道師の名であるからだ。それは《ドールに追われる男》という異名をもつ、非常にすぐれた魔道師で……まあ、どのような経緯でその老師とうつつに知り合い、その老師に病をいやしてもらうにいたったかについては、また長い物語になるので、いずれまた時間のあるときにでも物語ろうが――もしお前が聞きたいと思うのであればな――ともあれ、いま俺がこうしてここに生きているのはひとえにイェライシャのおかげだ。黒魔道師グラチウスが、俺を救ってくれたように見えたのは、その実、本当に俺のかかった業病を治してくれたわけではなかった。どうやらきゃつは、イェライシャのいうには、暗い闇の生命を俺のなかに注ぎ込み、俺を、きゃつの魔道なくしては生き続けていられぬようにして、俺をきゃつの傀儡と仕立てあげようとしていたらしい。それにうすうす俺は気付かないでもなかったが、だが、やはり、俺は生きていたかった――あのような、骸骨のような、幽鬼のような姿になってまでも、それでも生きていたかったのは……ひとつには、俺のためにいのちを落としたグル族の者たちの、遺族になんとかして報いてやりたい、と思ったのと――もうひとつは、やはり、イシュトヴァーン」

スカールはぎりっと歯がみをして、ヨナをにらみすえた。

こんどはちょっとヨナは身をふるわせて、必死に目をそらすまいとした。それほどに、スカールの目の光が、すさまじいものにかわっていたのだ。

「あの男を殺すまでは——リー・ファのうらみをはらすまでは、どうしても死ねぬ、と思っていたからだ。だから、きゃつへの怨念だけで、俺は生きながらえてきた、といったのだ。……だが」

「………」

「イェライシャは、その俺に、本当の治療をほどこしてくれた。……イェライシャのおかげで、いまの俺はほとんど、健康人とかわりはない。ごく普通に馬を走らせ、戦いもし、食いもし——眠りもする。だが、その実、まだ本当の意味では、俺は完全に治癒したのではないらしい」

スカールはちょっと苦笑をうかべた。そして、ヨナを安心させるように、かすかにうなづいて、馬乳酒の杯を突きだし、小姓の役でひかえていたイミルが酒を注ぐのを待ちかねたようにがぶりと一気に飲み干した。

「というより、もはや決して俺は本当の意味で治癒することはないだろう、とイェライシャは云ったのだ。俺はノスフェラスの、《グル・ヌー》で、《放射能》というものをあびた。それによって、俺の血のなかには、黒い不治の病が入った。それは確実に俺を数ヵ月から一年くらいで殺してゆき、決して治ることはないはずだった。だが、俺が生きたいと望んだゆえに——グラチウスの黒い闇の生命はまったく別の話としてもだ——イェライシャは、俺に、俺が生きるための特別の手だてをほどこしてくれた。——それについては、俺には、お前に話して聞かせる気はないし、それだけの知識もない。俺はただ、イェライシャにまかせていただけだからな。……だが、その結果、俺はここにこうしていまだに存在している。イシュトヴァーンを殺すために——そう、いまこそ、イシュトヴァーンを殺す、ただそのためにだけ、俺は甦ってきたのだ！」

第二話　ウィルレン・オアシス

1

《モスの大海》を下る旅はおだやかに続いていった。

夜ごと、スカールとさまざまなことどもを語り合うのが習慣になったことも、ヨナにはなかなかに興味深いことだった。草原の騎馬の民は基本的に寡黙であり、長《おさ》であるスカールが語るときには他のものは一切口をはさまずにじっと聞いているのがしきたりのようであったが、スカールが指名して語らせると、とつとつと草原の暮らしについてヨナに語ってくれもした。ヨナはそれで、グル族の暮らしについていろいろと知るようにもなったし、また、スカールの語ることばから、草原の歴史についても多少知るようになりもした。アルゴスの黒太子がみずから、アルゴスの成り立ちと歴史、そして草原でのおのれの微妙な立場と、それを背負っての不思議な遍歴について、夜ごとにかがり火のかたわらで語ってくれる、というのは、なかなかに味わい深い、またと出来ぬような体験であるに違いなかった。

ヨナ自身も、スカールにいろいろ問われるままに、おおいに語った。ナリスとのいきさつについても語ったし、また、自分の目にしたかぎりのパロの状況――内乱の実態についても、スカールが知りたがるので、ヨナは語りきかせたが、ただ、うまくことばにのぼせられなかったのは、ケイロニア王グインがパロ内乱と魔王子アモンの魔手からパロを救い、古代機械によって失踪したいきさつと、そしてまたそのグインがどのようにしてかクリスタルにあらわれ、そしてクリスタルで古代機械によって《調整》を受けて、そのまままたケイロニアへと旅立っていった、そのあたりのいきさつであった。

それは、ヨナがそれについて草原の黒太子に秘密にしようと考えていたからではなかった――スカールは、おのれが炎の山でグインとともにした怪奇な冒険についても、なんら隠すことなく物語ったし、それはヨナにとっては、グインが失踪してからクリスタルに登場するまでの、謎の空白の一部を埋めてくれることではあったのだ。ヨナもまた、何も秘密にすることもなく語ろうとしたのだが、しかし、ヨナの体験したことどもは、じっさいにあまりにわけのわからぬこと、えたいのしれぬことが多すぎて、ことにそうした怪異などに馴れぬ草原の勇者に、どのようにして語り聞かせたものか、ヨナにはよくわからなかったのだった。

スカールは、だが、以前よりもずっとおのれはそうした怪異について、心を開くようになった、とヨナに告げた。

「以前の俺であったら、お前がそのようなことをほのめかしただけで、馬鹿らしい、だから、石の都の学者などというものとは話が出来ぬ、とあっさり放り捨てていたにちがいないのだがな。いまの俺は多少以前よりも賢くなった。そうなりたかったわけではないが、世の中というものが、俺が草原にいて思っていたような単純なものではないらしい、ということを俺は学んだ。——だが、草原にいたときにも、決して世の中はそれほど本当は単純なものではなかったのだな。俺が、それを複雑な部分を強引に切り捨てて、単純明快に生きてゆきたいと願っていただけのことかもしれん」

「私は、でも、いまはとてもその単純明快に憧れます」

　ヨナは苦笑して云った。

「あまりにも複雑怪奇というか、人智では説明しがたいような事象ばかり見てきたゆえか、もうそういうものはまっぴらだ、という気持さえします。おそらくは自分ももともとはパロの人間ではなく、沿海州で生まれ育ったからかもしれませんが」

　スカールは、ヨナがイシュトヴァーンとふしぎな深いゆかりがあることをも認め、あえてそれについては何も批判することはなかったが、そのかわり、イシュトヴァーンが依然としておのれにとっては最大の怨敵であり、妻の仇であると同時にそのやり方、生き方、ゴーラ王としてのありかたなどすべてについておのれはイシュトヴァーンを許すことができないのだ、ということははっきりと言明した。それについては、ヨナも、自身ナリスのことでイシュトヴァーンに複雑な感情を抱いていることでもあり、あえて何も反論しようともしなかった。かれらは、お互いに互いを説得しようとせぬことによって、互いの言い分を最低限認めた、というようなかっこうになった――もっとも、ヨナのほうは、イシュトヴァーンのしたことについて、ことにスカールの告発するような罪状について、イシュトヴァーンを弁護しようという心持はとうていなく、むしろナリスの死についての責任をも問いたい思いのほうが強かったのだが、それでも、イシュトヴァーンがおのれのいまこのようにあるについて、最大の恩人である、という恩義だけは、どうしても認めないわけにはゆかぬ、ということは、スカールに対してもはっきりと云った。それは、スカールにとっては、逆に、かえってヨナを認める理由にもなったようだった。

「それは、俺とても、もしもいまお前がイシュトヴァーンの味方であり、やつを擁護しようとしているのだったら、こうして連れていってやろうとは思わぬ。だが、かつてお前がやつとそのようなえにしがあったことを、俺が否定したところでどうにもなるわけではあるまい。――というより、それで、お前がイシュトヴァーンのかつての恩義をすべて否定するような奴であったら、それはそれで俺は不愉快に感じたかもしれぬしな」

「私は、イシュトヴァーン王がいったいこののち、どのようになってゆくのか、それがとても心配です」

ヨナは率直に言った。スカールに対しては、なにごとによらず、率直に、直接的に、かつすみやかに口にしたほうが絶対に好感をもたれる、ということを、素早くヨナは学んでいたのだった。

「いまのやり方が、ゴーラ王として国をおさめ、やがては中原の一角をしめる強国としてゴーラを中原に認めさせてゆくにとても適しているとは、とうてい私は考えることが出来ません。――それに、彼は、私が何回か会ったかぎりでも、かなり酒を飲むようですし、また彼の周囲には、その彼が酒に溺れてさまざまな判断を間違うことをとどめるものもいないようです。私が見た彼の周囲はごく若い、不良がかった若者たちばかりで、ゴーラそのものが若い国なのですから仕方ないのでしょうが、このままゆけばその国に未来があるとは思われません。――むろん、といって私がイシュトヴァーン王にゴーラのためにかくあるべしなどという話を持ってゆくような立場でもなければ、ゴーラの末永い安泰を祈るという立場でもありませんから、ただ、これは岡目八目のように思っているだけの話ですが」

「きゃつが、おのれの愚かしさから、部下に寝首をかかれたり、酒におぼれて健康を失い、病死する、などというばかげたことになってたまるものか」

スカールは荒々しく云った。

「きゃつの首は、俺が討つのだ。俺はきゃつと闘い、そしてきゃつを倒す。そのためだけにこうして生きていて、また草原へも戻ってきた。俺がリー・ファの魂の前に、ようやくお前の仇を討った、と報告することのできる日のためにも、きゃつには、それまではどうあれ生きていてもらわねばならん。他のやつに討たれることなど、俺が許さぬ」

「……」

複雑な表情で、ヨナはそういうスカールを見つめていた。スカールが、ノスフェラスで業病を得、それを最初は黒魔道師グラチウスに、ついでは黒魔道から白魔道へと寝返った《ドールに追われる男》イェライシャの魔力によって治療をうけて、その力でのみながらえている、という話は、きいて得心してはいたが、しかし、それでも目のあたりにするスカールは頑健そのもので、生命力のかたまりのようでもあり、とうてい、そのような、魔道によってようやく辛うじてかりそめの生命を得て生きている存在、とは見えなかった。

「スカールさまは、なぜまた草原に戻ってこられたのです？」

ヨナは、しだいに親しくなってくると、遠慮ない質問をも発した。そうしたほうが、スカールにとってはここちよいのだ、ということも、すぐにヨナは理解するにいたっていたのだ。

「ひとつにはグル族のものたちが長のおらぬあいだにどうなっていたのかが、無性に気に懸かっていたこと――もうひとつは、火の山でさらに多くの部の民を失い、さしもの俺も気が弱っていたこと……さらには、草原がどのように変化したか、この目でいったん見届けたくなったこと、だろうな。だが、所詮、俺は草原の民だ、ということを、草原に戻ってきて思った。――ただちに草原じゅうに、黒太子スカールがおのれの大海に戻ってきた、という情報がかけめぐったようだが、俺もまた、草原に戻って思った。あ、やはり、俺はここで生まれ、ここで育った草原の民だ。俺はここで死ぬのが一番いい、とな」

「ああ……」

「ノスフェラスは論外としても、パロ、山岳地帯、自由国境――ずいぶんといろいろなところを旅してきたが、同じ旅するにも、結局俺はこのようにすべてを一望のもとに見晴らせる草原が一番好きだ。もうここには、俺を待っている女もおらぬし――俺の部の民も、もうほとんどちりぢりになりかけていたが、それでも俺が戻ってきたときいて、これだけの人数がただちに俺のもとに参集してくれた。もう、こやつらが、俺にとっても最後の部の民になるかもしれぬ。――グル族の女たちも、ちりぢりになってきたし、もとからの女たちは年をとって子供も生めぬ年齢になってきつつあるからな。――もし、また俺が草原から旅立たねばならぬときには、もう、部の民は伴わぬ。俺一人でゆく。そのほうが、ずっと気が楽だ」

「そのようなことを――太子さま」

タミルがそっと、たまりかねたように口をはさむ。

「そのようなことをおっしゃらずと――どうか、いつまでも草原におとどまり下さいまし。太子さまのおられぬ草原は、太陽の上がらぬ国のようなものでございます」

「そう、お前たちが云ってくれているからこそ、俺というものもこうして存在出来ている、ということだな。タミル」

スカールは呵々と笑った。だが、その笑いには、かつてはなかった、どことはない寂しさの翳りが漂っていた。

「俺が草原からはなれられぬようになるときには、また、おそらく、俺のからだが、ついに長年のこの宿痾《しゅくあ》に破れ去ったときかもしれぬ。望むと望まざるとにかかわらず、俺はこのしばらく、何年ものあいだ、本当に草原とはかかわりのない場所をあちこちさすらってきた。――もう草原には戻れぬだろうと思ったこともあったのだがな。それでも、こうして戻ってきた。不思議なものだ」

スカールは、手をのべて、草原の草を一本むしりとり、口にくわえた。

「お前は、アルゴスにいったことはあるのか、ヨナ博士」

「いえ……ございませぬ」

「そうか。――行かぬほうがよい。といって、もともとアルゴスへの思いがなければ、何のことはないただの平凡な石づくりの町が草原のまっただなかに兀然《こつぜん》として建っている、というだけのことだがな。俺から見ると、あのようになったアルゴスは、もはや草原の国でもなんでもない。あれはただの中原の出城のようなものだ。——いまのアルゴスは、俺が一瞬でもとどまりたいと思うところではなかった。俺は草原に戻って、一応アルゴスを訪れたのだが、俺の帰国が歓迎されぬことを悟ってただちにまた出国することにした。あちらではもう、俺はとうの昔にいずれかの旅の空で死にはてた、朽ち果てたと思って安心していたようだ。それがそうしてあらわれたので、ひどく驚きもし、またひどく怯えもした——俺は、まるで、アルゴスの町を襲った野盗の首領のようなものだった。それに気付いたので、すぐに俺はアルゴスを発った。——もう、あの町に戻ることもあるまい。もう、あの国では、俺の存在は、すでに遠い昔に死んだはずのものになっていたのだ」

「それは……」

「最初から、そのていどのものだとは思って戻ったゆえ、驚きもせなんだがな。まあよい。俺にはこの部の民がいる。どこまでもついてきてくれる、忠義のものどもだ。だからこそ、これらのものたちのためにだけ、俺は草原に戻ってきた。そうだな、タミル」

「はい、太子さま」

「グル・シンもとうの昔に死んだ——グル族の長だった賢者であったがな。いまのグル族は、かつての栄光の影もない、ごくしみったれた小部族になりはててしまった。それも、この俺についてノスフェラスにきたり、ルードの森から火の山の冒険にまでついてきてくれたばかりにのことだ。俺は、いつの日か、こやつらに報いてやりたいとずっと思っていたのだが、なかなかに、そうする機会もないままに、また草原に舞い戻ってしまった。ここで、少しは平和な日々をきゃつらにやることが出来れば、ちょっとはグル族も栄えることが出来るだろうかと思っているのだが」

「いいえ、太子さま」

タミルが、いまのところは、グル族の長、といった立場をつとめているのであるらしかった。スカールが発言すると黙ってきいているほかのものたちは、一切、発言を許されぬ場所では口をきこうとせぬが、タミルだけが、多少の発言をしてもかまわぬ立場にあるようだった。

「私どもにとりましては、太子さまにお仕えすることだけが、グル族の存在する理由となっております。末永く、太子さまのかたわらでお仕えすることこそ、私どもの幸せでございます」

「お前たちがそう云ってくれるからこそ、俺はまだこうして草原にいられるのだな」

スカールは吐息のようにつぶやいた。それをきいて、騎馬の民たちはいっせいにおもてを伏せた。どことなく、寂しげに、打ちのめされたようすに見えた。

「ともあれ、アルゴスに戻ることはもうない。あそこはしだいにパロ化をたどっているように俺には思われてならぬ。その本国たるパロがいまのように、だいぶん衰退してしまったとなっては、むしろ、いずれアルゴスがパロの文化を伝えてゆく役目を担うことにもなるのかもしれぬが……次のアルゴス王となるべき幼い王子の母はパロの姫だ。彼女がしだいにアルゴスをパロ化しつつあるのだと俺は思っている。彼女自身はよい女性だから、べつだんそのことに恨みもないし、草原もいずれは変わってゆくべきなのだろうと思ってはいるが、それでも、草原は草原だ。――そのことは、パロからきた女性にはわかるまい」

「……………」

「これは、あらぬくりごとをきかせた」

スカールは苦笑した。そして話をかえた。

「そのようなことは、お前にいってどうなるというものでもなかった。それよりも、昨日話していた、ナリスの研究しているその不思議な機械について話してくれるがいい。俺は、ノスフェラスで、その機械となんらかのかかわりのある出来事にたくさん出会ったような気がしている。また、魔道師イェライシャは、俺がノスフェラスでその機械そのものかどうかは知れぬが、なんらか機械を生み出したはるか遠い文化とかかわりのある、重大な出来事に遭遇した、と考えているようだ。俺はノスフェラスで、《北の賢者》ロカンドラスに出会った。その後イェライシャの話ではロカンドラスは入寂したようだが、まだその魂魄はノスフェラスに残っていて、ノスフェラスを守っている、という。――俺には、よくわからぬことばかりだが、俺は、何もおのれではわからぬままに、どうやら、ノスフェラスをめぐるさまざまな巨大な秘密のなかに巻き込まれたらしい。だからこそ、黒魔道師グラチウスも、《ドールに追われる男》イェライシャも、このように俺を助けてくれ、なんとかして俺を生かしておこうと手を貸してくれるようなのだ。そのことが、俺にはよくわからぬ――わからぬながら、いまの状態がなかなかに不自然なものであるらしいこと、いまの俺は本当の意味では生きている、健康な生者であるとは云えぬらしいことがしだいにわかってきた。俺は、なんとかして、その状態を変えたいと思うのだが――しかし、イェライシャほどの大魔道師に出来ぬことは、もうおそらく、ほかの者には出来まい。ましてや、人間には。――お前には、何か、見当がつきそうか、ヨナ博士」

「とんでもない」

ヨナは小さく身をふるわせた。

「ナリスさまでも、またそのような偉い賢者、大魔道師たちが出来なかったようなことが、なぜ、私のような、数ならぬ者に出来ましょう。――ただ、ナリスさまが最後のさいごまでお気にかけられていた、ノスフェラスの不思議、そしてパロの古代機械の神秘と謎、そしてグイン王そのものの存在の不思議――それらがしだいに、ひとつのものに結びつきつつある、ということは、私もかねがね感じておりました。それについては、もしもヤガから無事に帰れたあかつきには、ぜひとも私の一生の研究課題のひとつにしたい、と存じます。お話をきいて、ますますそのように感じました」

「そうか」

スカールは、しばらく何か深く考えに沈むようすだった。

そのときには、スカールは何も云わなかった。だが、それからややあって、寝る用意をするために天幕に入ったとき、スカールは、おのれの床の用意を調えているヨナを眺めて、低く云った。

「ヨナ博士、俺はずっと考えていたのだが……」

「はい？」

「お前は、このあと、ヴァレリウス宰相の任務を遂行し、またおのれの知人の運命を知るためにヤガに潜入するのだ、と云っていたな」

「はい」

「俺がそれに同行したら、お前は迷惑か？」

「えッ？」

ヨナは一瞬、絶句した。

「それはまた……何故に……」

「とりあえずヤガの近辺までは送ってやろうと思っていたのだが……」

スカールはおのれのすでに用意してある、毛皮を一番下にしき、その上に何枚もの敷き皮や布でととのえられた床の上にどかりと腰をおろして、重々しく云った。

「俺は最近、ヤガや、また最近ミロク教徒に完全に占拠された——といったら言葉が悪いが、武力で占拠されたわけではなく、とうとうミロク教徒がその住民の大半を占めるようになったときく、アルカンド、スリカクラム、テッサラ、そのあたりの情勢につい て、いささかの懸念を持っていた。アルカンド、テッサラ、スリカクラム、ヤガがすべてミロク教徒の町となれば、そのあたり一帯は、沿海州のどの小さな国々よりも大きな、事実上の『ミロク王国』となるだろう。むろん、ミロク教徒は戦わぬ、というのが建前ではあるのだが、それについても、俺は、昨今若干、それとは違った話をきく。《戦うミロク教徒》が出現しつつある、というような話をだ。それについては、またのちにゆっくりと話してみたいと思うが——俺は、草原の平和を守るのがおのれの使命だ、などと勢いこんで思っているわけではもはやない。俺はかつてはアルゴスの黒太子と呼ばれもしたが、いまでは、グル族の生き残りを率いた、ただの風来坊にすぎぬとおのれのことを思っている。——それでも、かつてアルゴスの王太子であった身には、たとえアルゴスがパロの属国のように変貌してしまったとしても、ほかの国々もまた草原の特色を失いつつあるとしても、それでも、草原のゆくすえは気に懸かる。——それに、また」

「ええ……」

「ミロク教、というものについても、いささか気になることがないわけでもない。それはあまりにも我々と異質であるがゆえに、草原の騎馬の民は、お前の団がそうなったように、何の容赦もなく、ためらいもなくミロクの巡礼たちをその刃にかけ、掠奪の対象としてきた。——もしもミロク教徒が、復讐の気持をもつ者達であったならば、おそらく、草原の騎馬の民こそは、ミロク教徒の多くのものにとって、沢山の同胞、同じ信仰の者達を手にかけ、掠奪し、野末に屍をさらさせた、にっくい仇に他ならぬだろう」

「……」

「もとよりミロク教徒は一切戦わぬ、暴力にあらがわぬ、という、草原の民とあまりにも異なる気質と信条をもつからこそ、いいように草原の、たちの悪い騎馬の民に食い物にされてきた。だが、もしも《戦うミロク教徒》が出現したのだとすると……かれらにとっては、それら草原の民こそ、まっさきに戦って復仇すべき憎い仇だろう。そうではないか」

「それは……しかし……」

「また、ミロク教徒が、よしんばこれまでどおり戦うことを知らぬままにいたところで、だからといって、カシン族のように、やりたい放題に掠奪し、皆殺しにしてよい、というものではないとむろん俺は思う。――また、カシン族だけではない。最近、草原では、アルゴス、トルース、カウロスなどの固定された国々の住民が都市化されてきた分、たちの悪い、掠奪を好み、さらに意味もなく血を流すことを好む若い連中が増えてきた、ということを俺はかなり気に病んでいる」

「……」

「それがもし、ミロク教徒とぶつかることになるとすると――なかなかにこれは、草原にあらたな風雲を巻き起こさぬものでもなかろう。それを、どうなるか確かめるために、俺はいずれミロク教について調べにゆかずばなるまいとは、どちらにせよ、考えていたところだったのだ」

「さようで、ございましたか……」

「それと、もうひとつ」

スカールは、やや獰猛な、だが奇妙な親しみをはらんだ笑顔をヨナに向けた。

「お前の話をいろいろ聞いていて、俺は、ちょっと思ったことがある。だからこそ、お前がヤガに潜入して、もしものことがあったとしたら、それは俺自身にとっても、なかなかの損失になるかもしれぬな、と考えたのだ」

「それは……」

意外なことばをきいて、ヨナは思わず顔をあげてスカールを見た。

スカールは微笑しながら、かるくうなづきかけてみせた。その髭むくじゃらの顔は、奇妙な希望にも似た光をはじめてひそめているようだった。

「お前がナリスと研究をともにし、またグインにかかわることを通してその古代機械やらについても通暁し——また、こうして幾夜か話しているだけでも、お前は確かになかなかの学識と、そして才能を持った、ただならぬ存在であることがわかる。——しかもまだ若い。これから先、もっともっと学問をおさめ、研究をすすめてゆけば、あるいは古代機械についても、ノスフェラスの謎についても、お前こそは、それをときあかす者とならぬでもないのではないか、という気が、俺はしだいにしてきたのだ」

「そ、それは……おそれおおいお言葉ではございますが、しかし……」

いささか驚いて、ヨナは言いかけた。だが、スカールはそれを制するように手をあげて、続けた。

「だからこそ、お前が、そのような密偵の任務などで命をおとすはめになったとしたら、俺は——俺の抱えている謎や、俺がどうあれ解きたいと思っている疑問についても、解いてくれる唯一の人間を失うことになるのかもしれぬ、と俺は思ったのだ。だから、お前が無事にヤガを脱出し、任務をはたしてパロに戻るまで、俺が護衛してやろうかと、そのように俺は思ったわけさ。俺自身のためにな。どうだ。俺が、ヤガへともに潜入したら、迷惑か。ヨナ博士」

2

「それは……願ってもないおことばではございます。しかし……」

ヨナは、いささかのとまどいを隠せなかった。

「迷惑ならば、やめるにやぶさかではないがな」

スカールはすかさず云う。ヨナは首をふった。

「というより……それはわたくしとしては、なかなかにおのれが頼りないということを、このたびのカシン族の襲撃でもかなり切実に感じましたので、太子さまのようなおかたにご同行していただけるのなら、願ったりでございます。しかし、ヤガは……またとても特殊な場所でして……」

「わかっている。ミロク教徒でないと入れぬ、というのだな」

「はい」

ヨナはうなづいた。

「ヴァレリウス宰相も、最初は、おのれの信頼する魔道師を斥候に差し向ける、という考えを持っていたのですが、ヤガの情勢について私がいろいろと進言しましたので、その考えは捨てました。ミロク教徒の風習はかなり厳密なものです。互いに挨拶するときのことばづかい、慣例、それが身分や年齢によってどのように変化してゆくか――このようなときにはこうするのが当り前だ、というような常識など、たいていのミロク教徒は子供のころから親に教えられて、そうしたミロク教徒としての行動をちくいち身につけますので……それでミロク教徒以外のものが、ましてやミロク教徒の聖地であるヤガに入り込もうとするというのは、なかなかに不可能なことであるように思えます。まして、太子さまはお目立ちになりますし……草原から沿海州にかけて、太子さまのお顔、人相風体を知らぬ者とてもおりますまいし……」

「それは、わかっているが」

スカールは苦笑いする。

「魔道師というのはもっとも斥候、密偵に向いたものどもであると私は思いますが、その魔道師も、巡礼とのごく微妙な差を見つけられて、かえって非常に目立つと思います。そう考えて私はヴァレリウス宰相の、魔道師をさしむけようという考えを断念させ、かわりに本当のミロク教徒として長いこと過ごしてきて、もし素性が知られたとしても、おのれがミロク教徒であることには何の嘘いつわりもない私がゆくのがもっともよい、と納得させました。……太子さまに、これからの短時間で、ミロク教徒の行動のしかたについてひととおり、覚えていただき、そのとおりにするようにしていただく、というのは、なかなかに困難なものがあるのではないかと……」

「それはそうだが、では、ヤガの外で待っているというのでもよい。ともかく、お前が、いざというときに俺と簡単に連絡をとれるようであれば、俺はお前を救出しにすぐヤガにゆけるだろうし、お前の調べてきたことを俺がすぐ聞くことも出来よう」

「それは、そのとおりです。もうひとつ……いま思いましたが」

ヨナはためらいがちに考えこみながら云った。

「逆に、それだけ目立つ外見をしておられれば……どのように変装しても無駄だと思うので、かえって、まったく顔を見せないようにするには、ミロクの巡礼に変装するのがもっともよろしいかもしれませんね。――ミロクの巡礼は、フードをひきさげ、よほどのことがない限り、おのれの顔を路上で人前にはさらそうといたしません。それは結局、ミロクの教えに従うものは、どのような氏素性をもつ者であろうと関係なく、ひたすらミロクの前に平等なただのひとりの人間である、というミロクの考えによるものなのですが。そしてミロクの巡礼に加わってヤガにやってくる者たちには、業病にかかって、さいごをヤガで迎えようというものも大勢おります。そのようなものたちは、まして決してマントをとろうとはいたしません。――そういう事情だとわかれば、宿屋でも、ずっとフードをつけたままで過ごせますし、また、他のものにうつる可能性がある場合には、はなれを用意してもらうことも出来ます。……そう思えば、案外に……なんとかならぬものでもないかな……」

「なるさ」

スカールは力強く断言した。

「しようと思えば、どうとでもなる。その、お前の考えついたとおり、業病だとでも、はやり病でもうあとは死を待つばかりだとでも、それで最後にヤガでミロクを拝んで死にたいと思って巡礼にやってきたとでも……どうとでも作ってくれるがいい。俺は、お前がヤガにゆくまで、なるべく近くまで部の民とともども同行し、そしてここから先はもう目立って無理だとなったらそこで部の民を待たせ、お前と二人、ないし俺の選んだえりぬきの者一、二人だけを連れたくらいの小人数で、ヤガに潜入しよう。それも危険だとなれば、また俺はヤガの郊外でお前の連絡を待っていてもよい。ともかく、俺はお前がヤガから無事に脱出し、再びクリスタルに戻るまで、お前を守り届けるのがこのたびのおのれの役目だ、というように感じ始めたのだ」

「それは……あまりにもったいないと云いますか……恐れ多くて……」

ヨナは口ごもりながら、

「もしも、ヤガで大した事実も見つからず、おのれの探す相手も見つからないような結果に終わってしまいましたら、私としては、太子さまに過大な御迷惑をかけ、それに対してどのようにお詫びしてよいものかまったくわからぬという状態になってしまいます。ナリスさまや、諸国の王や王子、宰相といったような人々であれば、スカールさまのようなかたのそのようなご好意をも、当然と思って受け取ることも出来るのかもしれませんが、私のような、ただの無名の、一介の学者にすぎぬものが……」

「そのような、つまらぬ遠慮はせぬことだ」

スカールは吠えるように笑った。

「俺が、したくてすることだ。それに、それについては、俺自身が――少なからず、おのれの下心で、お前になんとかしてそのうち、ノスフェラスでの一部始終を話し、さらにそれからのさまざまなてんまつをことこまかに聞いてもらい、それについて謎解きをしてはもらえぬものかと考えてすることだからな。俺は、なんというか、長い長いあいだ、謎解きのないまま、いぶかしんだり、あやしんだり、うんざりしながら、そのままにこうして旅を続けてきたようなものなのだ。そのことに俺はもう、うんざりしてしまって、なんとかして、ちょっとでも解答を見つけてくれるか、ともに解答を探してくれそうな人間を欲していたのかもしれぬ」

「そのようにおおせいただけると……私としても、まことに恐縮でございますが……お力になれるものならば……」

「なれるさ。あのナリスか、おぬしをおのれの研究の相棒に選んだというのだからな」

スカールは断言した。

「大丈夫、何も気にすることはない。それに、俺自身がミロク教についてかなりいろいろと気になってたまらなかった、というのもまた、本当のところだ。もしお前の力になれなかったり、お前自身が目的を何も果たせぬままにヤガを去らなくてはならなかったとしても、俺がこの目でヤガ周辺の変わりようを見届け、ミロク教がこの先どのように展開してゆくか、草原に対してどのような態度に出ようとしているか、それを見届けられただけでも、俺にとっては非常な収穫なのだ。だから、これはむしろ、お前というミロク教徒の、しかもミロクを信じておらぬという願ってもない存在を得て、それを利用してこの俺がミロク教についていろいろと調べたい、知りたい、ということのほうが大きいかもしれぬ」

「さようでございますか……」

ヨナは深くうなづいた。

「そのようなことでございましたら……ぜひとも、ご同行させていただきとうございます。体を鍛えたこともございませんし、もとより学者としてしかやってきておりませず、戦いかたも、斥候のしかた、そのような隠密な調査のしかたも知っているわけではございませんから、さぞかし、御迷惑をかけたり、腹立たしい、もどかしい思いをおさせするかもしれませんが……」

「そんなことはない。ミロク教徒というのが、それほど特殊ないろいろな行動のしかたをするものであれば、それをすべて通暁していて、少なくともヤガで疑われずにミロク教徒として通せるという、それだけでも充分すぎるほどに大きな武器を持っているといってよい。——短期ではとうていすべては無理だろうが、これから、俺にも少しづつでよいから、ミロク教徒として通すための基本を教えてくれるがいい。最低限の挨拶くらいは知っていないとおかしく見えよう。もしもことばづかいからして、それとわかってしまう、ということだったら、口がきけぬということで押し通してもかまわぬが」

「さようでございますね」

ヨナは考えこんだ。

「まったく、口が利けぬということにすると、いろいろと不自然になってしまいますので、病が頭にまわって口があまり自由に動かぬ、というようなことにしたらよいのかもしれませんね。私もまた、いろいろと考えて、どのようにすれば太子さまが一番あやしまれることなくヤガに潜入出来るか、考えてみます。——ただ、とても重大なことがひとつ」

「なんだ」

「ヤガに入るものは、一切の武器と名のつくものを持つことが許されておりません」

ヨナは困ったように云った。

「ミロクの使徒たるものは、決して戦いのための武器を手にとることはせぬ、というのが、そもそも最初の《不戦の誓い》でございますから……短剣でさえ、帯びていることがわかれば、ただちに没収されるか、あるいはミロク教徒ではない、とみなされてしまいます。——つまり……」

「ヤガに入るには、丸腰でなくてはならぬ、ということだな。結構」

スカールは大きくうなづいた。

「俺はかまわぬ。もしも必要となれば、そのときには、何をとってでも——垣根の支え棒を引き抜いてだろうが、厨《くりや》の包丁を盗み出してだろうが、戦えるさ。それに、ということは、ヤガのものたちもみな、武器を持っておらぬということなのだろう」

「それは、まさにそのとおりです」

「俺にはなかなか、想像がつかぬな」

スカールは感心したように云った。

「ひとつの都市——しかもいまやこんなに発展しかけている都市というものが、まったくそうやって武力をもつことがないままにその発展を続けていられるのだとしたら、それはまさに、現代の驚異と云わなくてはならぬ。——周囲にはましてや、草原の騎馬の民だの、沿海州の国々などもいるのだからな。いつまで、そのままでいられるのかどうか——だがヤガといえばもうけっこう、それなりな年月、ミロク教徒の聖地として繁栄している都市だ。ということは、長の年月、丸腰のこの都市を襲おうと考える軍隊、掠奪してやろうと思う騎馬の民はなかったということだ。それそのものが、ミロクの最大の恵みというか、奇蹟といわなくてはならぬかもしれぬな」

「私は、また多少違った考えも持っておりますが」

ヨナは低く云った。スカールの目が光った。

「というと」

「いま太子さまのおっしゃったとおり、あれだけ繁栄していて、しかも信徒たちの捧げる私財をすべて受け取って相当に富裕でもある都市が、長年、守ってくれる軍隊をまったく持たぬままに繁栄を続けていられる、というのはとても希有のことです。――私などは、ミロク教徒にあるまじき懐疑論者でもございますので、そのようなときには……ついついこのように考えてしまいます」

「……」

「それは……ということは、もしかして、ヤガには、ちゃんと……身を守ってくれる軍隊、あるいはほかの国々、騎馬の民などにとっては脅威と感じられる《何か》の力がそなわっていたのではないか……それがあるからこそ、そうやってヤガは長年、裕福で、しかも丸腰のままでこのように地の利のよい場所、海からは船で沿海州の海賊たちが、陸からは草原の騎馬の民が掠奪に襲いかかってくるであろう場所に腰をすえて繁栄していられたのではないか……というような」

「ほう」

「ヤガのミロク教徒の幹部たちは、つねに、ヤガの繁栄と平和と安全をもって、『ミロク様がお守り下さるあかし』と申します。――ヤガこそはこの地上の楽園であり、そこにいる限りすべての民は安全に守られ、何ものにもおびやかされることなく、互いに助け合い、貧しいものには富めるものが富をわかちあい、病んだものには健やかなものが介護と援助の手をさしのべ、親のない子はすべてこれミロクの子としてみなで育て、子に先立たれた親はすべての子をわが子としていつくしむことで悲しみを忘れる――と。それは、確かに素晴しい教義でございますし、私はそれにひかれてずっとミロク教徒として、ジェニュアに育ちながらもあえてヤヌス教団の教えには決して耳を傾けることなくやって参りましたが、しかし、いま、ここにきて――ひとつには、カシン族による、おのれの巡礼団の壊滅にも大きな衝撃を受けたこともございまして……本当に、そうだったのだろうか――本当に、ただ、ミロクのご加護により、ヤガだけが地上の楽園として守られている、などということがありうるものだろうか、という疑惑が……」

「そんなことが、あるわけはない」

あっさりとスカールは断定した。

「そんな馬鹿なことがあるものか。この世はすべて、もっと身もフタもない場所だ。力がなければ、そのものは掠奪され、襲われ、奪われるしかない。さもなければ、運よくそうした略奪者たちの目にとまらずに生きのびるかだ。それはその者の幸運だろうが、しかしヤガほど目立つところが、そのような幸運を持つはずとてもない。――そうであってみれば、やはり、お前のいうとおりだ。おそらく、ヤガには、秘密の軍隊か――あるいはそれこそパロの魔道師部隊のような、超常的な力をもってヤガを守護するものたちが存在しているのだ。でなくば、ヤガがこのように長年のあいだ、どんどん富みさかえながら、繁栄と平和をほしいままにしておられるわけがない」

「私も……そう思います」

ヨナはつぶやくように、だが強く云った。それは、ミロク教徒の親のもとに生まれ、そのまま当然の流れのようにミロク教徒として生きてきたヨナが、ある意味、はじめて、ミロク教に対して心のなかに叛旗をひるがえした瞬間であったかもしれなかった。

「そうきくとますますミロク教というのは、謎に満ちているな」

スカールは髭をひっぱりながら云った。

「ますます、俺も、草原の平和のためにも、ミロク教について詳しいことを知らずにはおかれぬ、という気がしてくる。――案外もう、ぬけめのない兄上夫婦のことだ。アルゴスなどは、とっくにミロクの国ヤガと、内々に和平条約なりをとりかわしているのかもしれぬがな」

「ありうることかと思います」

「カウロスも、トルースも、そうしているかもしれぬ。だとしたら、ますます、騎馬の民たちだけが草原に取り残される結果になる。——ミロク教徒はいまや、前にいったとおりヤガを中心として、沿海州南部からレント海沿岸南部にかけて盛大なひろがりをみせ、そこには新しい秩序と国家が生まれつつあるように思われる。そのままにしておけば——そこにいずれは、あらたなミロク教徒の国家が成立し、そうなれば沿海州連合も、また草原諸国も、その勢力の均衡を大きく崩すことにもなる。——それは、もうアルゴスの王太子ではないとはいえ、いまの俺にとっても、捨て置くことは出来ぬ」

「はい、太子さま」

「では、俺とともどもにヤガに行こう。俺もこのあてもないいのちに多少のあてが出来て、当座しのぎが出来そうだ。お前のことは必ず守ってやる。お前は、俺にミロク教徒について知るかぎりのことを教えてくれ」

「はい。太子さま」

スカールは、ぐいとヨナにむかって手をさしのべた。

それが、いわば連合と——そして共闘のしるしであると知って、ヨナはその手をしっかりとおしいただいたが、その瞬間に、なんとなく、異様な感覚がからだを走り抜けるのを感じて、ぎくりとあわや手をひくところだった。

(冷たい……)

見るからに精力的で、生命力に満ちあふれたスカール。

だが、ヨナがつかんだその手は、はっとするほど冷たく、そして、まるで——いうなれば死びとの手のようにも、ひんやりとして、生きた人間の弾力やあたたかみを感じさせなかったのだ。

(これは——こ、これは……)

(もしかして、本当に……スカール太子は、御自分で云われるとおりの……)

(俺は死霊だ。——いまの俺は、ただ、魔道で生かされているゾンビーにすぎぬ)

太子のことばが、ふいにヨナの耳にまざまざと、凶々しくよみがえってきた。

スカールは、とっくにヨナの心の動揺も、その理由も承知だ、といったようすで、じろりとヨナを見つめた。その黒い、妖しい草原のあかりひとつない夜を思わせる目のなかに、(どうだ。——わかったか、俺の言いたいことが)といいたげな奇妙な嘲笑にも似たものが浮かび上がるのを、ヨナは慄然としながら見つめていた。

その夜、ヨナは、なかなか寝付かれなかった。このところは、もうずっと、草原を旅する疲れ、馬を御する疲れでここちよく疲労がたまって、夕食を食べ、しばしスカールと歓談するなり、ころげこむようにして仮の寝床に横になり、そのまま夢も見ることなく朝までぐっすりと寝入ってしまう、ということが続いていたのだ。

草原には、時として、夜、雨が訪れることもある。だが、ヨナはスカールの天幕をともにすることを許されていたから、雨にあっても、雨に濡れることもなく、また、草原のコヨーテの吠え声に悩まされたり、草原に沢山いる虫どもに悩まされることもなくてすんでいた。馴れぬ馬上の旅と、さらに馴れぬさまざまな旅のしきたりに疲れはてているヨナにとっては、とにかく夜は欲も得もなく体力を回復しなくてはどうにも翌日の旅を続けることが出来ぬ、そういう時間になりはてていたのだ。それだけ大切に持ってきたナリスの著書をも、ひもとくゆとりはもういまのヨナにはなかった。

だが、その夜は、ヨナは、あまりにも錯綜したさまざまな物思いに縛られて、なかなか眠ることができなかった。スカールは、日頃のヨナ同様、横になり、毛皮をひっかぶるなり、もう寝息をたてている。本当に安らかに眠っているのか、それとも、それは魔道が導きだすかりそめの眠りなのか、それはヨナにはわからなかったが、ともかく夜毎、スカールが不眠に悩まされているようすなどは、見たことがなかった。

（太子の上に……どのような奇怪な出来事がおきたのか……）

ノスフェラスで何がおこり、そして、何がアルゴスの黒太子をこのように変えてしまったのか。

もとより、元のスカールをまったく知っているわけではなかったが、それでも、なんとなく、ものごとの本質を見抜くよう、ずっとありとあらゆる学問によって訓練されてきたヨナには、いまのスカールが、おそらく《本来のスカール太子》ではないであろうこと——そのことに、騎馬の民、部の民たちもいささかの戸惑いを感じつつも、それがスカールの《不治の病》のためであろうと解釈して、ひたすらスカールの身を案じているのであろうこと、などがなんとなく感じ取られるのであった。

（本当の太子は……おそらく、もっと……おもてを向けられぬほどの生命力に満ちた……まばゆいような英雄であったに違いない。むろん、いまでも、輝いてはおられる——圧倒的な存在感も持っている。だが、その存在感のなか、輝きのなかには——何か、深い《闇》のにおいがする……）

（そして、それは、ひどくスカール太子には似合わない。——だから、よけい、異様に思われるのだ。……確かにいまなお、太子は生命力に満ちてはいるのだが……どうしてだろう。どうして、何も知らぬ私の目にさえ、その生命力のなかに何かしら、あやういもの——まやかし、と呼びたくなってしまうようなもの……あえていうならば黒魔道のにおいのするものが感じられてしまうのだろう。……それに、さきほどの、スカールさまのあの手の感触……）

（以前も何回か、スカールどのが私にふれたことはあったが、そのときには考えてみると、白昼であったり、夕食のときであったりして……太子はずっと、愛用の革手袋を手放さなかったのだ。——もうすぐ眠る、ということで、手袋をとり、天幕のなかでゆったりとくつろいでいたときの、あの手の感触は……)

(まるで……)

ヨナはちょっとぞっとして、おのれの感じた直感を押し殺そうとした。

だが、それは容赦なくヨナの脳裏にのぼってきた。

(まるで——あの手の感触は、死人のようだった……というよりも、弾力がなく、まったく何の体温も感じさせないあの手は……死びとの手、そのままだった……)

(それも、太子のいわれる業病のせいなのだろうか。——ノスフェラスで得られたという病、そしてそのあと、黒魔道師が治してくれ、その後さらに偉大な《ドールに追われる男》イェライシャによってようやく治されてすこやかになったという、その病気の名残なのだろうか。……それとも……)

(なぜ、このように——不安を感じるのだろう。……太子は、私に、とても親切にしてくれているし——じっさい、想像を絶するほど、どうお返しをしたらよいかわからぬほど、太子は、行きずりに助けたというだけの私のようなただの旅行者に、本当に親切のかぎりを尽くして下さっている。——しかも、ヤガに同行し、私を守ってくださろうという申し出まで——これほど、親切には、めったなことではしていただけるものではない。——ただ、ナリスさまとのえにしがある、というだけでは……とうてい)

(もしかして、それは本当にスカール太子が、自分でいうとおり——なんとかして、いまのこの太子の状態から、脱出したい、という苦しみのゆえなのだろうか。数ならぬ私などの学識や力でも、なんとか少しは力になってくれぬか、という――あれは、もしかして、太子の側の苦悶と追いつめられた悲鳴ででもあったのだろうか……)

(もしそうだとしたら――いったい、私などに何が出来るのだろうか。太子のような抜きん出た英雄を、私のような数ならぬ、まだごく若いただの学者にすぎぬものが、どうやって救ったり――その身の上にまつわる、とてつもないらしい謎をとくことが出来るのだろうか――だが、出来たらどれほどそれは驚異的な結果をもたらすだろうか……)

ヨナの物思いは、ひっそりと寝静まった天幕とその皮一枚外にひろがる草原の深い夜のなか、はてしもなかった。

3

スカール一行が無事にヤガに到着する前に、一回だけ、いささかの波乱がかれらを襲った。

ウィルレン・オアシスでしばらく疲れをいやし、草原を旅するための補給をいろいろと終えて、かれらはまた、広大な草原へと出ていった。むろん、赤い街道などはあてにせずに、である。ウィルレン・オアシスでの滞在は、これまたヨナにはきわめて珍しい、異国的な経験となった。

ウィルレン・オアシスはまんなかに大きな、湖といってもいいような泉があり、そのまわりに小さな、そこから派生した泉がたくさんある、草原にあってゆたかに木々の茂っている一画である。遠くから、近づいてきただけで、すでにそのまわりだけゆたかにたけ高い木が茂っているので、そこがオアシスであることがはるか彼方からでも知ることが出来たし、そして、そのまわりには、オアシスに住み着いた人々が小さな、ささやかな町を作っていた。

ただし、アルゴスのように、整地してきちんと石づくりの家が立ち並んで、ごく普通の都市の体裁をととのえるというようなことはなく、ウィルレン・オアシスの周辺の家の半分以上は、草原の漂泊の民の天幕である。

そして、そのあいだに、定住して、オアシスにやってくる旅人たち目当ての商売を生計の道とするものたちが、小さな白い、女の乳房のようなかたちをした、天幕にもよく似た泥づくりの家をたてて、そこで暮らしていた。その家々は泥レンガで組み立てた上に白いしっくいを塗ってあるので、近づいてゆくと、乳房のようなかたちの、先端がとがった白い小さな家々が木々のあいだに並んでいて、妙に幻想的な光景を作り上げているのだった。

何日ものあいだ、自分たちのほかにはまったくひとのすがたというものを見かけない広大な草原を旅してきた旅人たちにとっては、まさしくこのオアシスこそは文字どおり命を洗う泉であった。そこには商店もあったし、ささやかな飲食店や女郎屋さえも店を開いていて、当然宿屋をいとなむ家もあり、はるかに草原を旅してきたものたちは、そこで何日も逗留して旅の疲れをいやし、そしてこれから先の旅の後半に必要な食糧や、破れてしまった衣類のかえ、また馬具などをいろいろと買い込んでウィルレン・オアシスの住民たちに金を落としてゆくのであった。

ウィルレン・オアシスは、広い草原のなかを頼りなげにのびている赤い街道の、ひとつの交差点ともなっていて、そこから道はトルースの首都トルフィヤに向かうトルース道、そしてまっすぐヤガにむかってゆくヤガ街道、スリカクラムへ向かう南方道などにわかれていた。もっともこの赤い街道がそのように整備されたのは、ごく最近にアルゴスと、トルースと、そしてカウロスとが共同で開発したからであった。それまでは、このあたりの草原は獅子原とよばれ、ところどころにごく古い時代に切り開かれてもうなかば草がその赤レンガを侵食しはじめているような古い街道がありはしたものの、まったく人跡未踏の場所さえも珍しくない、村もなければ集落もない、ただただ広大な草原がひろがっているだけの場所だったのだ。

草原三国が共同で何本かの赤い街道を切り開いたために、パロ、そしてさらに北方からダネイン大湿原を越えて沿海州をめざす旅人たちにとっては、大きな影響があったのだった。それは中原の中心部から沿海州までの、交易ルートを確保し、いっそうの繁栄を約束するものであったのである。

そのような基礎知識だけはヨナは持っていたけれども、実際に草原地帯のオアシスに入るのはこれがはじめてであった。

当然のことながら、ウィルレン・オアシスの人々は、みなアルゴスの黒太子スカールについてはよくよく知ってもいたし、スカールがまた草原に戻ってきた、という情報は、とっくにウィルレン・オアシスにも届いているようすであった。かえって、このような広大で茫漠としてみえる草原地帯のほうが、中原の中心部よりもずっと、情報が早く伝達されているようだ、ということにヨナはひそかに一驚し、またそれについてはヴァレリウスに伝えてやらねばならない、と記憶に刻み込んだものだが、結局のところ、きわめて広大で茫漠としているけれども、そのかわりにそこに住まう人々というのは、きわめて機動力の高い、そして一日のあいだにきわめて遠い距離を平気で移動する人々なのであった。

草原にあってはどのような小さい子供でも、それなりにちゃんと小馬に乗ることが出来たし、また、馬に乗れなければ草原では生きてゆけないのだ。そして、馬で草原をかけまわる草原地帯の人々は、基本的には徒歩を最大の移動の手段としている中原の人々とは比べ物にならぬほど、一日の走行距離は大きかったのである。

そうして、たえず草原じゅうを、多くの者たちがあちこち馬で駆け回っているがゆえに、草原の民の情報は、草原の一ヶ所に伝えられると、たちまち野火のように燃え広がって草原じゅうに伝わるのであった。ただ単にたまたま得た情報を伝えたいがためだけに馬で半日もはなれたオアシスまで駆けてゆくものも多くいる、とは、スカールが笑いながら話していたことであったし、また、ある部族が得た情報は、ただちに、その部族のものによって、親族である部族、あるいはつきあいのある部族に伝えられるので、それでこれだけの広さがあって、どこに誰がいるかもわからぬわりには、中原よりもはるかに情報の伝達速度は速いのだ、というのがスカールの説明であった。

「確かに、中原では馬を使ってかけまわっているのは、ことに都市部では飛脚や伝令など、そのための任務を持っているものだけですから……」

ヨナは感心して云ったが、しかし、そのようなわけで、アルゴスのもと王太子であり、永遠の草原の英雄である黒太子スカールが久々に草原に戻ってきた、という情報は、すでにウィルレン・オアシスばかりか、草原じゅうにひろまっていたのであった。そして、そのスカールが、いま草原のどこらあたりにいるかとまでは、さすがの草原の民も知らなかったのだが、「俺がウィルレンに姿をあらわした、ということは、明日の朝までにはもう、草原じゅうに伝わっているだろうよ」というのが、スカールが笑いながら云った言葉であった。

草原の人々にとって、黒太子スカールがどのような存在であるのか、それをヨナは当然のように目のあたりにすることになった。

「太子さま！」

「太子さまだ。太子さまがウィルレンにお戻りになった」

「太子さま、ご息災の御様子で……」

オアシスで商売をいとなむものたちが、スカールの一行がオアシスの、乳房型の家々や天幕が並んでいる一画のとば口に入ってくると同時に、駈けだしてきて、スカールに次々と声をかけてくる。それへ、スカールは、いかにも鷹揚にうなづきかけた。

「太子さま、つまらぬものですが……」

「太子さま、これは商売ものでございますが、召し上がってくだせえまし」

「太子さま、うちでつくった馬乳酒でございます」

声をかけるだけでなく、オアシスの住民たちは、次から次へと、スカールに、小さな革袋に入った酒だの、何か袋に入れるのも間に合わず、両手にいっぱい、目の前の露店のかごのなかに山盛りになっていた乾果をすくって差し出したり、あるいはおのれがいままさに食べようとしていた、かるくあぶった干し肉を、そのまま差し出しさえするのだった。そのようすは、いかにスカールが草原の民に人望があり、慕われているか、を証明するようだった。

「これは、すまぬな」

「これはうまそうだ。のちほど、ゆっくりいただこう」

「これこれ、まず、おのれが食べてから俺にくれるがよいぞ」

スカールはそれぞれに対して、いかにも旧知の友に対するように親しげににっと歯をむいて笑いかけ、そして、差し出された馬乳酒をひと口飲んでタミルに渡したり、干し肉を押し戻したり、乾果を受け取るために、マントのすみをひろげたりした。それを、すぐにまた、急いで馬をよせてくる部下どもに渡すと、部下どもも心得たものですぐにそれを大きな袋にいれておさめる。

スカールにものを差し上げ、それを受け取ってもらえる、というのは、オアシスの民にとってはとても光栄なこと、と考えられているようであった。オアシスに住んでいるわけではなく、ただたまたまウィルレン・オアシスに滞在していたらしい、一見して草原の民ではないとわかる旅人たち、旅商人や、またヨナと同じミロクの巡礼たちなども、おのれの泊まっている宿や、いまたまたま買物をしていた店から急いで飛び出してきて、この世にも名高い草原の英雄、アルゴスの鷹をこの目で眺めて話のタネにしようとするのであった。

ヨナは、スカールの部の民の馬を貸してもらって、もうすっかり馬に乗って旅するのにも馴れてきてはいたが、依然として、ミロクの巡礼のなりをしたままであった。それが、ことに同じミロクの巡礼である旅人たちからは、かなり異色に見えるらしく、(なんで、スカールさまの部の民のなかに、ひとりだけ、ミロクの巡礼がいるのだ?)(何か悪さをして捕虜になったのか、それとも何かほかの理由でもあって……)と、けっこうヨナの存在が目ひき袖ひきされていることもわかる。それはなかなかに居心地の悪いものでもあったが、ヨナは素知らぬていで押し通すことに決め、じろじろと見られても、また声をかけられても、馬上でフードを引き下げてうつむきこんで、知らん顔をしていた。また、それは、ミロクの巡礼の慣例としては、べつだんそれほど異様なことでもなかったのであった。

人々、ことに子供たちはスカールの一行のあとをしばらくついてきたが、スカールがウィルレン・オアシスのかなりはずれのほうにある、ひっそりとした小さな泉を目指していることがわかると、だんだんにその数は減ってきた。そして、スカールがその泉——『小鳥の泉』という名がついているというその小さなオアシスの周辺に、部下たちに野営の天幕を張るよう命じると、スカールたちがしばらくここに滞在するつもりだ、ということがわかったからだろうし、またそれをそれこそ一刻も早く誰かれに吹聴したり、情報を知らせにゆこうというつもりらしく、とうとう、みなもとのウィルレン・オアシスの中心部のほうへ戻っていってしまった。

「これで、まあ、このあと数日が勝負ということになるぞ、俺たちはな」

スカールが云ったので、ヨナは驚いた。

「勝負、といわれますと……」

「それもわからぬか、中原の民は。俺が、ここにいるということが知れたのだ。俺の敵は、当然、俺がどうあるか、様子を見に斥候を送り込んでくるし、もしあのカシン族の一団のことが、俺の仕業だと知られておれば、カシン族の連中がかたきをとりにやってくるだろう。——いずれにせよ、オアシスにいるあいだは何もおおごとはおこらぬ。オアシスでは、争いごとは起こさぬ、水辺では仇どうしもともに水をわかちあって飲む、というのが、草原のしきたりだからな。だが、問題はオアシスを出るときだ。オアシスを出て、オアシスが見えなくなったころ、だな。そのころが一番危険だ。襲ってくるなら、そのときだからな」

「そういうものなのですか……」

「それはそうだ。それも、想像がつかぬか。それほどに平和なところか、パロは」

「でもなかったのかもしれませんが……少なくとも私はそのように生きて参ってしまいましたので……でも、ずっと草原をはなれておられたスカールさまに、いまだにスカールさまを敵と考えるものたちがいるのでございますか？」

「当り前だろう」

スカールは、むしろ、ヨナがそれさえもわからぬことに驚いたようだった。

「草原では、うらみは長く部族に伝えられる。部族が全滅すれば、それは、その部族のものたちがもっとも親しくしていた別の部族に引き継がれる恨みとなる。そうした部族どうしでは通婚も多いから、身内意識が強いからな。——決して通婚せぬ部族どうし、というものも決まっているし、また、身内である部族が何かことをおこせば、当然、それにつらなる部族はすべてともに行動し、力を貸してやらねばならぬことに決められている。俺はかつて草原で暮らしていたころ、かなりの無茶をした。それゆえ、いまだに、スカールの名をきけば、ただちに仇をとらねばならぬ、と思って小さな軍勢を組む連中には事欠かぬのさ」

「そんなことが……」

「驚くにはあたらぬ。草原のおきてとは、そのようなものだ。――むしろ、ミロクのおきてとあまりにもかけはなれているからこそ、俺のほうも理解出来ぬのかも知れぬのだが」

スカールは、だが、オアシスを出るときがもっとも危険だ、と云いはしたものの、オアシスに滞在しているときも、決して安全ではない、と考えているようだった。中央におのれの天幕を置き、その周囲に、オアシスの小さな泉を背にして円陣を組むように部下たちに天幕や、馬をおかせて、いつなりとただちに戦闘態勢に入れるような配置にしていることは、そのようなことにはまったくうといヨナにでさえわかった。

そうしてスカールがオアシスにしばらくの本陣をさだめると、いったん中心部に戻ったウィルレンの住人たちが、またしてもぞろぞろとやってきた。そうして、今度は、あらためてきちんと体裁をととのえた貢ぎ物――乾果の袋だの、干し肉をぎっしりおさめた木箱だの、新しい衣類だの、何にでも使える布きれをぎっしり詰めた箱だの、また馬のからだを洗ってやるのに使うボロ布を詰め込んだ袋だのを次々に、スカールの天幕の前に積み上げるのだった。

それも、草原の慣習なのだ、と説明されて、ヨナはびっくりしながらそのようすを眺めていた。スカールはオアシスで、この先の糧食や必要品を補充するためにしばらく滞在する、といっていたのだが、その意味が、ようやくはっきりとわかったのだ。スカールは、何ひとつ購入する必要はないのだった。人々は次々に、スカールに貢ぎ物を捧げるためにやってきた。すでにスカールがアルゴスの王太子ではなくなっていることはとっくに承知していたのだが、そんなことはかれらにはあまりかかわりがないようだった。

「当然だ。アルゴスは、いま現在このウィルレンにいる限りでは、直接何のかかわりもない国にすぎぬからな。ことにいまのアルゴスは、騎馬の民の長というよりは、むしろまったく関係ない、草原に新しく出来た定住民の国家というにすぎぬ。——一方、俺がこうしてここにいるとわかれば、俺を慕う騎馬の民たちは挨拶にやってくる。俺をつけ狙う騎馬の民たちはそれこそ、前にいったようにオアシスから俺が出るところを狙って仲間を集める。いずれにもせよオアシスには金が落ちるか、それともまきぞえをくって被害をこうむるか、どちらかということになる。だから、オアシスのものたちは、『どうか守って下さい』というかわりに——時にはそれは『どうかなるべく早く出ていって下さい』であることもあるが——こうして次から次へと貢ぎ物を持ってくるのさ。俺がもし、旅の糧食や衣類などを必要としてオアシスにきたのであれば、必要なものをみな手にいれればオアシスからとっとと出てゆくのだからな。——オアシスから出てゆかせるためにも、これが一番いい方法で、そのための蓄えはかれらはつねにしてあるのだ」

「はあ……」

それもまた、ヨナにはなかなか理解出来ぬ、というより理解を絶した考え方に思われたが、ヨナはもう、いちいち驚くのをやめて、ただひたすら、感心しながらことのてんまつを見つめ続けていることに決めていた。この草原では、どうやら、まったくおのれのこれまで持ってきた中原の常識というものはきかぬようだ、ということに、ヨナは気づきはじめていたのだ。

スカールはウィルレン・オアシスに数日間滞在し、そのあいだじゅう、そうやって、人々はスカールに挨拶と、そして貢ぎ物を持ってきつづけた。最初はオアシスの住民たちであったが、翌日からは、わざわざ馬でかけつける、遠くからきたことがはっきりわかる部族の長たちが、スカールに挨拶するために『小鳥の泉』にやってきた。スカールはその挨拶をも、必ずかれらがたずさえている貢ぎ物や捧げものをもいたって鷹揚に受け入れ、ときには——たぶんその相手との関係によるものだったのだろう——こちらから「これとこれがこのくらい必要なのだが」というようなことをはっきり口に出しさえした。すると、相手は恐悦したようすでうなづき、その翌日には、その頼んだものが、うやうやしくスカールの天幕の前に積み上げられるのだった。そのなかには、食料品や衣類や武具や馬具ばかりではなく、生きた馬や、そして人間さえも混じっていた。

馬は、だいぶん、スカールたちが連れてきた馬のなかでくたびれたり、調子が悪くなったりしているものもいたので、それと交換したり、あるいは新しい替え馬として有難く受け入れられたが、ほとんどがまだうら若い男の子たち、中にはけっこう壮年の男たちまで、十数人が「貢ぎ物」としてスカールに差し出されたのには、ヨナも目を瞠った。だが、それも、草原にあっては、そのようにしておのれの親族の子どもなどを敬愛する族長に差し出すことはまったく普通のしきたりであるらしく、スカールも、騎馬の民たちも、また差し出す側のものも、差し出される当の本人たちもまったく特別なことをしているようすも見せず、スカールの側仕えとして受け入れられると、その当人たちは、慣例どおりにオアシスの土に額をつけて拝礼し、「敬愛する黒太子スカールさまの部の民となれたこと、この上もなき光栄にございます。こののちは、太子さまのおんために、ご馬前にていのちを落とすことを誓います」と口々に誓いをたてるのだった。

そのようなわけで、あっという間に、スカールの部の民はずいぶんと人数もふくれあがり、また、その財産もずいぶんと充実した。その間に、だが、スカールのほうもただそうして貢ぎ物をもらうだけではなく、「名付け親となってくれ」と赤ん坊を抱いて頼みにきた若い夫婦のために、子供に名前をさずけ、そして騎馬の民としての儀式をおこなってやったり、部族間のささいなもめごとを持ち込んできたものたちの訴えをきいて、ヨナがはたで聞いていてもなかなかたくみに裁きをつけてやったりと、いわば黒太子としての役割をもちゃんと果たしていた。そうした恩恵をこうむったものたちは、当然、またしても翌日には引き返してきて、あらたに山のような礼物をスカールの前に捧げて礼をいうのだった。

(このような暮らしも、それはそれでのんびりしていて、楽しいのかもしれないな……)

むろん、草原の暮らしには、相当にしんどいところも――ことに定住しているオアシスの民とか、アルゴスやトルースの都市に暮らしているものでない、漂泊の騎馬の民となるのは、さぞかし大変だろうとヨナは考えた――あるのだろうが、それにしても、オアシスが黄昏どきになると、モスの詠唱がいっせいにあちこちの天幕からあがり、そのゆらめくような声で広いウィルレン・オアシスがいっぱいになるような――そしてまた、ゆらゆらとそのモスの詠唱が続くうちに、広大な草原の地平線にゆっくりと巨大な夕陽が没していって、草原に夜が訪れるありさまなどは、ヨナをおおいに魅了した。

また、草原の朝も素晴らしかった――草原の民は概して、きわめて朝が早いので、早朝の詠唱がまた、まだ朝日のあたる前に響きはじめて、それで起こされてしまうことも、馴れぬヨナにはよくあった。

ヨナも巡礼のマントのまま、着たきりすずめで旅をしている。そのまま起きあがり、そっと天幕から忍び出てゆくと、まだあたりは暗いが、あちこちの天幕の前から、もう起き出して、頭を草原の大地におしつけては身をそらして詠唱を続けるものたちの黒っぽいすがたが見える。

そして、やがて、その詠唱に迎えられるようにして、巨大な太陽がのぼってくるありさまは、何回見ても、ヨナには素晴らしく感動的だった。この光景のためだけに、草原に何年か暮らしてもよい、と思うくらい、その光景はヨナを魅了してやまなかった。

また、夕暮れどきともなると、オアシスのあちこちで、天幕の前でそれぞれに草原特有の楽器、笛や、ゾードとかソードとか呼ぶ何種類かの抱え琴のようなものを持ち出して、腕に覚えの騎馬の民たちが、いっせいにそれをかなでては思い思いの歌を歌いはじめる。全体に草原の民はとても楽曲を好んでいるようで、馬ひとつに身をたくし、馬の鞍に詰めるだけの荷物を全財産としての漂泊の暮らしであっても、鞍の前にそれら得手の楽器をつけているものが沢山いた。また、背中に背負ったまま馬に乗っているものもいた。

そうした琴に風が吹くと、しゃらりん、というような音があちこちからひびいて、えもいわれぬハーモニーを奏でる。だが、その楽器の持ち主たちが、オアシスや野営の場所について、まずおのれの寝場所を確保し、食糧にありつける見込みを確かめてから、さっそくに取り出す、それらの草原の楽器が歌いあげる音楽は、ヨナにはとても珍しく、またいかにも異国情緒に満ちたものだった。

もともとたいして音楽に興味があったわけではなく、ただナリスが楽曲をよくするゆえ、いろいろとふれる機会があった、というだけのことだったのだが、そうやって草原のものうい、けだるい、どこが頭でどこがしっぽなのかもヨナにはよくわからぬような歌と音楽を聴いていると、しみじみと、いかに遠いところまでおのれがやってきたのか、ということ——いかに、おのれが知っていた沿海州とも、中原とも違う地方を、おのれが、ふしぎなめぐりあわせでその地の最大の英雄と呼ばれる男とともに旅していることか、というような感慨が胸を包むのであった。

昼のあいだは、スカールはそのようにして訴えをきいたり、貢ぎ物を持ってあちこちから挨拶に訪れるものたちの相手をしたりして過ごす。そのあいまをぬって、オアシスのほとりにあらわれ、さも気持よさそうに、羊の皮で作られた、めったに脱がないという長靴を脱いで、足をオアシスの水に冷やしながらのどかに馬乳茶をすすり、たちまち近くのものたちが捧げにくる、草原特有のいかにも日持ちのしそうな固い甘い菓子をかじったりする。そうしているときのスカールは表情もなごみ、ゆったりとして、いかにも、生きた心地をようやく取り戻そうとしているかのように見えた。

ヨナはヨナで、だが、おとなしくそのスカールのかたわらにじっとしていただけではなかった。ヨナのほうもいろいろと気になるところがあったので、オアシスにミロクの巡礼の姿をいろいろと見かけると、こちらから近づいていって、ミロクの兄弟の礼をかわし、そして、あれこれと情報を得ようと話をして、いわばヨナなりの諜報活動にもきちんとせいを出していたのであった。ウィルレン・オアシスは、ヤガに向かう巡礼たちにとっては、まさしく「かなめの場所」であったので、そこを通りかかる個人の巡礼たちや、大小の巡礼団はあとをたたなかったのだ。

4

ヨナは、そうした巡礼たちを見つけるたびに、なにげなく近づいていってミロクの合掌をし、相手も合掌するのへ、さりげなく挨拶をしては、「どこからおいでか」「いつ、おいでか」「ヤガへ？」といったことをいろいろと聞いてまわった。

草原のこのあたりまで来ると、やってくる巡礼団も、実にさまざまな場所からやってきていた。パロから、というものもそれなりにいたが、やはり一番多いのは、最近ミロク教徒が勢いを相当増しているという、クムからの巡礼団だった。だが、中には、はるばるとケイロニアから、というごく少数のものもいたし、モンゴールからきたものも、また西のほうから三年もかけてやっとここまでたどりついた、というものさえも、いたのである。

それほどにミロク教が、いま世界じゅうを席捲しているのか、ということにも、ヨナは驚かされたが、それほどに世界全国いたるところから、遠路をいとわず、二度ともう祖国に戻れぬことは覚悟の上で宿願のヤガへの巡礼の旅に出てきているものが、こんなに多くいる、ということにもおおいに一驚したのだった。パロでは、さすがにヤヌス教団の本家本元だけあって、まだとうてい、そこまではミロク教の勢力は及んでいなかったからである。

（これは、そのうちに……だが、パロにも、そういう波が押し寄せてくることになるのかもしれぬ……）

ひそかにヨナは考えたが、しかし、ヨナの考えでも、パロの享楽的、快楽至上主義的な気質と、ミロク教の教えとが、クムよりもさらに相容れない、と思わないわけにはゆかなかった。クムならば、かえって、あまりにも淫らで逸楽的であるがゆえに、それに反発するものもなかにはいなくはないだろう、と思われたのである。

ヨナがそうして各国からやってきた巡礼団にいろいろと渡りをつけて、聞いてまわっていたのは、ここにくるまでに、パロからのラブ・サンという老人が率いる巡礼団と巡り会わなかったか、その消息を聞かなかったか、ということと、そしてさらに、「現在のヤガの情勢、状況」を調査しようということにつきたが、この二番目のものについては、すべての巡礼たちが、なにせ「これから」ヤガに向かうものたちであったので、そんなことを知っているものはとうていいるわけもなかった。

また、ラブ・サン老人についても同様であった。まだ、ここでそのような手掛りが手に入るだろうと考えるには、いささかここはヤガから遠すぎたので、ヨナもそれほど期待はしていなかったが、しかし、巡礼団どうしというものは、それなりに相宿になればそうやって挨拶をかわし、顔見知りにくらいはなっているもので、そのような団がひとつもいない、ということは、ラブ・サン団がこのあたりを通り過ぎたのは相当に前のことであるとはいいながら、やはり、「もしかして、オラス団と同じ憂き目にあって、ここまではとうていたどり着けなかったのだろうか……」という思いを強くさせた。

だが、同時に、「もしも、オラス団のようなことがあれば、それもまた、どこかでなんらかの情報となって誰かには知られているのではないだろうか」という考えもヨナのなかにはあった。オラス団については、唯一の生き残りであるヨナが何も語らなかったので、その運命については、いまのところスカールたちのほかには知るものもないのは当然であったが、ヨナがオアシスで親しくなってあれこれと聞いた巡礼たちのなかには、「どこそこの原で、どこからの巡礼団が半分くらい、草原の野盗にやられて、ほうほうのていでチュグルに逃げ込んできた」だの、「自分がまだルートに滞在しているとき、このところ草原で窃盗団が荒れ狂っていて、先にいった巡礼団がみんなやられたという話がひろまっていて、しばらくルートに滞在して難を避けるようにとすすめられた」などという話をするものがずいぶんといたのである。それらを話半分にきくとしても、かなりの数のミロクの巡礼団が草原を渡りきれずに命をおとし、ついに念願のヤガに到着することがなかったり、ということがあるようであった。もとより、ほかの、隊商たちや商売のために街道を何回も往来しているものたち、旅人たちもそうして襲われることもあったのだろうが、なんといっても、ミロクの巡礼は決して抵抗しない、しかももともとのふるさとにはもう戻らぬつもりで、家をたたみ、財産を全部持ってきているものも多い、というところが、きわめて草原の盗賊たちの獲物になりやすいようであった。

だが、結局のところヨナが一般的なうわさ以上の大した情報の収穫を得られないでいるうちに、スカールたちのほうは必要な品々をみな取りそろえて、いよいよウィルレン・オアシスを出発し、トルフィヤに向かう、ということになった。スカールが明日出発する、といううわさがまたしてもオアシスにかけめぐると、例によってオアシスのものたち、またたまオアシスに滞在しているものたちもみな、スカールをひと目見ようと「小鳥の泉」にやってきて、そしてまたしてもいろいろな捧げ物、貢ぎ物をしてゆくのだった。

そのようなわけで、いざオアシスを出発する、ということになったとき、スカールの一行の荷物は、到着したときの倍近くには膨れあがっていた——ふんだんな旅の食糧と飲み物と酒類、それに新しい衣類——これは、みな古い衣類を惜しみなく捨ててしまい、新しいものに着替えたが——と、新しく増えた人数と馬どもで、すっかり、一行はよそおいもあらた、といったていになっていた。新しく捧げられた馬たちは、新しくスカールの部の民に加わった人数よりもかなり多かったので、それは曳き馬、替え馬として、もっぱら荷物を背中にくくりつけて一行のさいごのほうで、長い綱に次々と縛られてひいてゆかれることになった。草原の馬たちはこのような任務にも馴れるよう訓練されていたので、騒ぐこともなく、いたっておとなしく先頭の馬のうしろに次々とつながれて、荷物を背中に積み上げられたまま、くつわもとられなくても前の馬にぽこぽことついてゆくのだった。

それはなかなかにのどかな眺めでもあれば、またこのさきの旅がこれまでよりはずっと豊かなものになることを約束する眺めでもあった。スカールの一行がいざウィルレン・オアシスを発つとなると、ウィルレン・オアシスの人々がみな、ぞろぞろと出てきて、スカールたちがここに到着したときと同じように名残を惜しみながら見送って、子供たちなどはオアシスの外までもかけだしてついてこようとするのだった。

「太子さま！」

「お名残惜しゅうございます」

「今度は、いつ、どこの空でお目にかかれるやら……」

「太子さまの旅のゆくてに平和と安泰を！」

「モスのご加護をお祈りしております」

口々に叫ぶ、黒いショールを頭からかぶった草原の女たち、頭にターバンを巻いたオアシスの男たち、そしてたまたま逗留していたミロクの巡礼たち――何百人という人々に見守られて、かれらは、ウィルレン・オアシスをあとにしたのであった。

ウィルレン・オアシスからはもう、次のトルー・オアシスまで、いたって危険だとスカールがありがたくない保証をした、獅子原の中央を抜けて下ってゆく以外ない。ここからは、赤い街道もまったくなくなり、赤い街道を通りたいものは大幅に回り道をして、いったんルアン・オアシスまで戻ってから、トルー・オアシスを目指すことになるのであった。獅子原は広大で、そしてそこを縄張りにしている騎馬の民はとりたてて凶暴であるものが多く、たいていの巡礼団や隊商はそこを通りたがらなかったのである。

だが、スカールはそのような危険など屁とも思っておらぬようすで、まっすぐに獅子原を抜けてトルー・オアシスを目指すことを一行に指示した。

そのかわりに、きわめて厳重な警戒態勢が、ウィルレン・オアシスを出ると同時に敷かれた。荷物を積んだ馬と、それにまだ若いものたち、新参のものたちをまんなかにして、まわりをぐるりと古参の古強者どもが固めた。スカールの一行のなかには、女子供はまったくおらず、最年少でも十六歳のイミルくらいで、あとはみな、屈強の戦士ばかりであったのだ。そして、それらの古強者どもは、朝といわず夜といわず獅子原を渡っているかぎりは決して気を抜くことなく、たえず臨戦態勢、いつ敵があらわれても応戦出来るようにと、きっちりと武装したまま、夜寝るときも交代で見張りをたて、また眠る番のものたちも剣を抱き、おのれの武器をしっかりと身のまわりにおいて、いつでも戦えるような態勢でだけ休むようにと、あらかじめスカールからの命令を受けていた。

「お前は、俺のそばにいろ、ヨナ博士」

スカールは、オアシスを出発するとき、笑いながらヨナに云った。

「最初は、子供たちと一緒にまんなかに入れておこうかと思ったが、あの子供たちは、まだ若いけれどもそれなりに戦えるからな。かえって、お前がそこに入っていては足手まといになろう。また、俺ならばべつだん、お前を庇いながらでも戦えるが、あやつらはそこまでは戦い巧者ではないからな。お前は、俺のかたわらにいるのが一番安全だろう」

「なんだか、申し訳ない気持がいたしますが」

「なんの、それが一番安全だし、こちらも楽だ。お前のふうていは相当に目立つ。お前の顔やすがたがフードの下から見えれば、敵は、俺がお前のような異色のものをわざわざ同行するからには、お前は俺の気に入りの色子だと思うかもしれぬ。そうしたら、きやつらはお前をまず狙ってくるだろう。――そういう奴等だし、そういうところなのだ。だから、お前は、俺から離れず、俺が守ってやるのが一番いいだろう」

「はい……」

「まあ、お前の乗馬術も、多少はまともになってきたからな。あと数日も乗っていれば、草原の若い者同様に乗りこなすことも出来るようになるだろうさ」

「はあ……」

それは、相変わらず筋肉痛にずっと悩まされているヨナには、とうてい、たいした慰めとも思えなかったが、ヨナはおとなしくうなづいた。

「ウィルレン・オアシスを出て、まず最初の二日が勝負だと思うがいい」

スカールは、オアシスをうしろに見送ったとき、いったん一行を止まらせ、あらためてそう言い渡したのだった。

「最初の二日さえ切り抜ければ、おそらくあとは無事にすむ。だが、俺——黒太子スカールがこのウィルレン・オアシスにきている、ということはもう、草原じゅうにひろまっているぞ。また、俺が出立したことも、南を——とりあえずトルー・オアシスを目指した、ということも当然もう知れ渡っていると思ったほうがよい。ということは、俺を討ち取ろうと思っている連中は、まず、ウィルレン・オアシスからの出ばなを叩こうと待ちかまえているだろうということだ」

「心得ております」

タミルはにっと日焼けした顔に白い歯を見せた。タミルのほかのものたちも、そうと聞かされてもいっこうに恐れているようすもなかった。今回はじめてスカールの部の民に加わった少年たちでも、まったく、恐れるようすはなかった。むしろ、そうしてスカールの民となっていくらもたたぬうちに、早速、おのれが功績をたてる機会を与えられたことを喜ぶふうであった。

スカールは、ウィルレン・オアシスを早朝に出立すると、道を南西にとり、たえず周囲を警戒させながら、荷物を積んだ馬どもを曳いている一行として出来るかぎりの速度で広大な草原を進んでいった。すぐに、ウィルレン・オアシスの緑の木々も、女性の乳房型の白い家々も、またオアシスのはずれにずらりと立ち並んでいた茶色の天幕も、うしろになり、見えなくなってゆき、あっという間に、ウィルレン・オアシスなどそのへんにあったとも思えぬくらい、何もない茫漠たる大草原がひろがってゆくのを、ヨナは馬上からなかばうっとりと眺めていた。

うわさにきくノスフェラスの砂漠のように、その荒涼たる風景のあいだを渡ってゆくあいだに水も食糧もつき、方向を見失い、強烈な太陽に焼かれて行き倒れる、というような心配は、この草原にいるかぎりはなかった。

足元はつねにゆたかな緑の草であり、それのなかには、しがんで喉のかわきをいやせるものもあれば、また実をつけ、その実がそれなりに食えるものも混じっていた。馬が好んで食うかいば草から、ヒツジ《フラー》の肉にえもいわれぬ風味をつける香草まで、この草原は大自然の恵みそのものであったのだが、また灌木が生い茂ってもいて、日光に悩まされることもなかったし、これだけのゆたかな草原であるから当然小禽や小動物、虫にいたるまで、実に種類の豊富な生物の宝庫でもあった。

砂漠と異なって、確かにウィルレン・オアシス、トルー・オアシスなど巨大な湖、泉のまわりには人々が村を作って暮らしていたが、そこにしか人が住めないというわけではなかったし、そこにしか水がない、というわけでもなかった。草原ではあちらこちらに、小さな泉や、小川がひそんでいて、水にも困るわけではなかった。

だが、そうであるからこそ、いっそう、そのゆたかな緑の風景のなかにどこにも、人家や都市らしいものが見えてこない、というのは、ある意味異様な光景に、ヨナのように都市での暮らしに馴れたものには思われてならぬのだった。かえって、ノスフェラスの砂漠のような場所でならば、まったく人跡未踏に見えても当然と思えただろうし、また、そこでは当然暮らしてゆけない、ということも納得がいっただろう。

だが、《モスの大海》は、ノスフェラスに劣らぬほど広く見えながら、ノスフェラスよりもずっとゆたかな自然に覆い尽くされている場所であった。本来なら、そこはすべからく開発され、大小さまざまな都市が建設されていても少しの不思議もなかった。だが、草原は、これほどに未開のまま、長い長い年月、そのまま勝手気儘に馬で走り回る騎馬民族の広大なすみかとなってきただけだったのだ。

(何か、決定的に、ひとがここで国家をたて、都市を造って暮らせぬだけの理由がこの草原にはあるのだろうか……そうかもしれない……)

それは草原の民の気質のせい、とだけはヨナには思われなかった。むしろ、逆に、草原の民のこのような漂泊の気質のほうが、この場所によってかたちづくられてきた、というように思われるのだ。

ウィルレン・オアシスを出発してわずか半日もたたぬうちに、またしてもあたりは道ひとつない、まったくひとが通ったことなどないかのように思われる草原のまっただなかとなった。もう振り向いてみても、どのあたりにウィルレン・オアシスがあるのか、そもそも、一応まっすぐにきているのだから、真後ろを振り向けば、その方向にウィルレン・オアシスがあるはずだ、と思ってみることは出来ても、それにはもうひとつ確信が持てなかった。そちらからこっちにやってくるものも、また、ウィルレン・オアシスを目指してすれ違う旅のものなども、まったくなかったからである。そして、もう、あっという間に、そんなオアシスに数日滞在したことなどなかったかのように、あたりは無人の広大な草原、ただそれだけだった。

そうなってみると、スカールの表情はいよいよきびしく油断のないものとなり、それとともにスカールの部の民たちも、緊張をはらんだおももちとなっていった。

そして、それはきわめて理由のあることであった——スカールの一隊が、突然奇声を発して草むらから飛び出してくる、騎馬の民の一団に襲われたのは、ウィルレン・オアシスを出てから、一日とたたない、最初の野営の場を決めてそこに天幕を張ろうとしはじめた夕方のことであった。

もしかしたら、かれらは、そろりそろりとスカールたちの一行のあとを遠く見え隠れにつけながら、暗くなってきて、おのれらの姿がスカールたちに見えづらくなるのを待っていたのかもしれなかった。こうしたことに不慣れなヨナにとっては、まるで、かれらは、突然に黄昏の薄暮のまっただなかから生まれ出て飛び出してきたようにしか思われなかったのだ。

だが、ヨナが仰天したことに、すでにスカールたちは、この襲撃を予測していたようだった。最初の奇声をあげて、最初の数人が草むらから飛び出してくると同時にスカールの部の民たちはさっとスカールを取り囲んで円陣となり、荷物を載せた馬たちをまんなかにとりこむようにし、そしてさっと腰の蛮刀を引き抜いた。スカールは、おのれのかたわらをいつも固めさせている、腕に覚えの少年たちを引き連れ、これまた馬上にさっと刀を抜き、采配をふるう態勢をとった。

「いいか。決して、お前は何も恐れることはないからな。何があろうとやみくもに飛び出して逃げ出そうとなどするな。ただひたすら俺のかたわらに張り付いていろ。——やみくもに飛び出して俺から遠ざかってしまうのが一番危険だぞ」

スカールはヨナに怒鳴った。云われなくとも、ヨナには、こんな薄暗がりのなかで、スカールのかたわらから、馴れぬ馬で逃げ出す根性などなかった。

戦いは、激しかったが、短かった。襲ってきた人数は、馴れぬヨナには何百人もいるようにさえ最初は思われたし、あっという間に草原には闇が降りてきてしまったので、戦っているあいだにあたりはすでに宵闇に包まれ、ますます夜目のきかぬヨナにとっては、何がなんだかわからぬうちに周囲で恐しい野蛮な叫び声だの、まるで怪獣の叫びのように思われるときの声だの、激しい剣戟の音、馬のいななき、そして剣と剣が打ち合わされて火花を散らす音などが渦を巻いて自分を取り囲んでしまった、というようにしか思われなかったのだ。

だが、草原の民たちはいずれも、この程度の暗がりは、まったく苦にもしておらぬようだった。かれらは昼間と同様に明るいかのように、平気で戦い続けていた。馬たちもまたそうだった。

誰も松明をともしたりするものもないままに、激しい戦いが繰り広げられ、そしてスカールは馬上に刀をおのれの前に横たえるようにおいて、じっとあたりを睨んでいるだけだった。ときたま、なんとか円陣をくぐり抜けてスカール当人にひと太刀あびせようと突進してくる命知らずがいたが、それも、スカールが直接相手をするまでもなく、まわりの《小姓》たちがただちにさっとスカールの馬前に出て戦い、あっという間に切り倒してしまうか、またタミルたち古強者が駆け込んできて、後ろから斬りかかって引き戻した。

ヨナにはあまりよくは様子は見えなかったが、それでも、情勢が、スカールたちに有利なように進んでいること、どうやら、人数の多寡にはかかわらず、襲ってきた側のほうが、スカールたちよりも全体にかなり弱いらしいこと、が理解できた。というよりも、結局のところはスカールの部の民のほうが、抜きん出て強いのだった。襲ってきた側も、だが、その腕の違いを人数でカバーできるほどには、大勢ではなかった――ヨナには恐しく長い時間に思われたが、あとできけばわずか一ザン足らずのうちに、戦いは完全にスカールの側の勝利に終わった。スカールは、結局、ヨナをかたわらにひきつけ、《荒小姓》たちを周囲にはべらせたまま、まったく太刀を使うことはなかった。

「全員、片付けました、太子さま」

タミルが、返り血をあびた凄惨な格好で駈け寄ってきて、そう報告したのは、もうかなり夜が草原に落ちたころあいだった。そのときになってはじめてスカールは松明をともすことを命じた。

スカールの部の民たちは、松明をともし、そしていっせいに、おのれがたったいま切り倒した敵の死骸を調べにかかった。そしてまた、何かおのれの必要なものを身につけている死骸があれば、容赦ない掠奪が行われているようであった。ヨナは、極力見て見ぬふりをしていた――もう、それほどに、ミロク教徒としてのおのれに執着することはなくなっていたけれども、それでもやはり、長年ミロク教徒として育てられてきた気質はどうにもならなかったのだ。それに、もともとの性格も温厚で、血を見ることは本質的に好まない。目の前で繰り広げられる残虐な殺戮が、暗がりのなかでよく見えなかったことは、ヨナにとっては、非常に幸いであった。もしも目の前でかれらが容赦なく敵を切り倒しているところをまざまざと見てしまえば、それが自分自身とあるじスカールを守るためでもあれば、ヨナのことをも守ってくれようとしている、とわかっていても、やっぱりヨナには、あまりの残虐さに耐えられぬ思いがしたかもしれぬ。

暗闇の草原は、みたび死屍累々のありさまであった。動き回って死骸を調べているスカールの民の松明が、ゆらゆらとおぼろげに、まだ生々しい血を流している死体のうらみをのんだ顔や、切り飛ばされた馬の首、首を失って倒れている馬の胴体などを照らし出す。ヨナは思わず目をそむけ、そっとミロクの聖句を呟きつづけていた。

「わかりました、太子さま」

タミルが報告のためにかけてきて、スカールの馬前で馬を飛び降りた。

「きゃつらは、カシン族ではございません。こやつらは、サンカ族の流れのものだと思います。中の一人が確かにサンカ族のしるしを身につけておりました」

「サンカか」

スカールは唸るような声をあげる。

「ならば、不思議はない。きゃつらには、遠い昔にちょっとした因縁があった。だが、かなり昔のことで、もう互いに忘れてしまっているくらいだと思っていたが——俺が草原に戻ってきたときいて、復讐にやってきたのだな。ならば納得がゆく」

「さようで……」

「よし、ではともかくこの場は離れるぞ。サンカであれば、そのあとたぶん、さらに大勢が追手をかけてくる、ということはない。サンカはもうだいぶん勢力が衰え、人数も減っているときいている。それでもこの襲撃よりは部族の人数は多いはずだが、おそらく血気にはやったものたちが、年寄りのいさめるのをきかず攻めてきたのだろう。だとすれば、あとに残っている者たちはみなかなりの年寄りだという確率が高い」

「さようでございますね」

「今夜は、ここをなるべく遠くまではなれ、野営は真夜中をまわってからということになる。——死骸は、一応作法どおりにしてやれ。上に土をまき、目をとじさせてやれ」

「かしこまりました」

「カシンでなくて何よりだった」

スカールが低く云うのを、ヨナは暗がりのなかで、血のにおいがする——と思いながら聞いた。

「カシンだったら、おそらく明日の朝までにはまた追手がかかり——今度はかなりの人数が出てくるだろうからな。まだ、あのカシンの一隊のことは、部族には知られていないとみえる。まあ、このままもってくれればあと五日もせずにトルー・オアシスに入れるだろう。そうなれば、カシンの縄張りも抜ける。そこまでゆけばもう心配はない」

「御意……」

「もうちょっとの辛抱だ。警戒を怠るまい」

スカールの云う顔が、松明の炎に照らされて一瞬暗闇に浮かび上がった。

自分のまったく知らぬ、修羅のいのちを生きてきたものの顔なのだ——と思いながら、ヨナはひたすら、おのれでももう信じられなくなったミロクの祈りを口のなかで唱え続けていた。

第三話　ヤガへの旅

1

　その、サンカ族の襲撃のあとには、事件らしい事件というほどのものは起こらなかった。スカールが「最も危険」だといった獅子原の横断も、つつがなく終わり、かれらは予定よりもやや遅れて、十日ばかりたったころ、無事に草原南部の小さな国トルースの首都トルフィヤがある、トルー・オアシスに入っていた。

　獅子原を横断するあいだ、スカールとその幹部たちのほうはかなり緊張していたようだったが、ヨナのほうは気楽なもので、ただ毎日毎日が規則正しく、早朝に天幕を畳んで、野営のあとをあとかたもなく消してから出発し、草原をずっとつらつらと馬に乗って下ってゆき、昼ごろになると一回止まって昼食のための休止があり、そして午後のなかばにもう一回小休止があって、あとは夕方、日が落ちるころにその夜の野営のための設営にかかり、そこに泊まる——という、何もおこらぬ旅の連続として過ぎてゆくばかりだった。

いつしかに草原の、変わりばえもせぬ、だが千変万化する風景も見慣れたものとなっていった。そしてまた、草原の地平線にゆらゆらとたつ蜃気楼も、振り返れば見える、なだらかな草原のはるか彼方に突兀《とつこつ》と影のようにそびえる天山ウィレンのすがたも、すべてはヨナにとって、これまで見たこともなかったのだけれども、いまでは毎日そこにただあるもの、というだけの風景になっていった。

めったに人とはすれ違うこともなかったが、たまに遠くから何か人影らしきものが見えてきて、やがてそれが大きくなって騎馬の民の一団となって人々をさっと緊張させる、というようなことも何回かあった。だが、それは、幸いにして一回も、スカールたちが心配していたような敵の部族ではなかった。スカールたちをウィルレン・オアシスの外で襲ったサンカ族の残党も、スカールが赤い街道で倒したカシン族の仲間たちも、スカールの一行を襲ってくることはなく、つねにそうしてすれ違うものたちは、スカールをそれと知ると急いで馬を下りて丁重に挨拶をかわし、そしていくばくの貢ぎ物を差し出すのだった。

それに対してスカールのほうも、いくばくの品物を与える。「何か不足しているものはないか」とたずねて、それが自分のほうにあれば与え、もしなければ、何かかわりになるようなものを与えるのだ。そうやって惜しみなく、おのれの持っているものをわかちあい、助けあうのが、草原の民の慣習であるのだった。そういう点は、ミロクの民の風習と通じていないわけでもないのだが、とヨナはひそかに考えたことだった。

そうして、だが、幸いにしてもう敵に襲われて戦って切り抜けることもないままに、何日たったかその日数さえヨナの頭のなかでぼやけてきたころ、彼方にまず赤い街道の一筋の赤い線が草原のなかに浮かび上がってきた。そして、それに向かって近づいてゆくと、今度は、その街道を行き来する隊商や巡礼団、また草原の住人たちのすがたがかなりあることがわかるようになった。

まったくそれまでは、たまにすれ違う草原の民以外は無人の場所をただ馬で旅するだけのような日々が続いていたので、またふたたびオアシスが近づいてきた実感は、なかなか新鮮だった。だが、今度のオアシスは、ただのオアシスではなかったし、ウィルレン・オアシスとも相当に違っていた。

何よりの違いは、そうやって、いったんかれらが赤い街道にのぼり、今度は赤い街道を旅する正規の旅人となったあと、周囲にしだいにこれまでの草原の風景とはかなり違うものが開けてきたことだった。ウィルレン・オアシスの周囲にも、天幕が張られ、旅してきてそこでいっとき過ごしている旅人たちのつかのまの安息の家となっていたが、トルー・オアシスが近づいてくると同時に、あたりは、むしろヨナにとってはかなり見慣れた《都市》の風景に近いものとなっていったのだ。

「トルー・オアシスも変わった」

こちらに来るのはスカール自身も相当にひさしぶりであったらしく、馬を並べてゆくヨナに、ぽつりと洩らした。

「俺の想像以上の変わりようだ。だが、たぶんこのような方向に変わっているだろうとは思っていた。――つまりは、こやつらも、定住の道を選び、ごくあたりまえな都会の人間となってゆく、ということだな」

「以前は、このあたりはもっと人のすみかがなかったのですか」

毎夜同じ天幕で眠り、話をかわしているので、スカールとヨナの間柄も、ずいぶんと気心の知れたものになっていた。ヨナは物珍しそうにあたりの風景を眺めながら聞いた。赤い街道の両脇はかなりの広さにわたって、耕された農地となって、ゆたかな果樹や、また麦畑のさまをみせ、その向こうには裕福そうな大きな農家がいくつも身をよせあうようにして建っていた。そのあいだには堀割がもうけられて、水がひかれ、ゆたかで綺麗な水がなみなみとそこにたゆたっていた。家畜たちの姿もみえたし、その堀割の近くや、農地のなか、農家の前などには、子供をかかえたトルー族の女たちや、また農夫たちが、旅人にはもう馴れっこで珍しくもないし、また何の警戒もしないようすでそれぞれの仕事にいそしんでいたり、のんびりとくつろいでいたりした。その服装も、まだ頭にターバンをまいたり、女たちはショールをかぶったりして、沢山の布をまきつけているところが、かろうじて草原らしさをとどめていたが、スカールたちよりもずいぶんと簡素に、また何枚も重ね着しないものになっているようだった。

「もとは、このあたりは、ウィルレン・オアシスと似たような場所だったし、トルー・オアシスの周辺、トルフィヤだけは一応れっきとした町といえたが、それでも、それはごく小さなものだったのだ」

スカールはぶっきらぼうに答えた。

「それに、トルースは小さな国で、たえず周囲からも、いろいろな騎馬の民からも侵略を受けていたので、しょっちゅう焼き払われてはまた建設し、しょうこりもなく襲撃を受けて壊滅のうきめを見る、ということを繰り返していた。——だが、しだいに、トルースにも軍隊が整備され、そしてアルゴスと条約を結んでアルゴスの軍事力をうしろだてにするようになってから、トルフィヤを襲うものたちもしだいに少なくなってきたのだ」

「それは、ずいぶん昔の話で——？」

「ほんの、数十年前くらいの話さ。俺自身は、さすがにトルースがしょっちゅうそうやって焼き払われたり、掠奪を受けていたころのことはこの目では知らぬ。だが、話ではしょっちゅう聞いていたし、トルフィヤがかなり安全になったあとでも、トルフィヤ以外のトルースの領地、トルー・オアシスの外周のあたりでは、まだずいぶん騎馬の民とトルース軍との攻防が繰り返されていると聞いていた。――どうして、草原にすまいながら、そんな、わざわざ草原に国をたてるからこそあわなくてはならぬようなわざわいにあうようなつくりをしているのだろうと、子供心に想っていたことがある。――俺の母親はグル族の女だったので、俺は子供のころ、アルゴスの王宮と草原、半々に育てられてな。だが圧倒的に気質は草原の騎馬の民とのほうがあっていた。だもので、アルゴスに戻っても、なんでこの自由な草原の暮らしを捨てて、窮屈な石の町のなかで暮らすのだろうと不思議でならなかったものだ。――トルースのような小国については、なおのことそう思った」

「そうでしたか……」

「だが、わずかのあいだに、ずいぶんとまた様変わりしたものだ。何も知らずにここを通りかかったなら、まさかこれがかのトルフィャだとは、俺にもまったく見分けがつかなかったかもしれぬ。草原にも、ずいぶんと中原ふうなちっぽけな都市が出来たものだと、目を瞠って、だがここには俺の用はなさそうだとただ通り過ぎてしまうだけであったかもしれんな」

スカールの云う如く――

確かにそれは、中原のまねびの小都市が、突然草原のまっただなかにあらわれたにも似ていた。

ヨナはゆるゆると街道を歩いて都市の領域に近づいてゆく馬の鞍の上で、目をまるくしてあたりの風景を見回しながら、ここが草原のまっただなかであるのだ、ということをあらためておのれに言い聞かせていた。

それは、確かに、モスの大海に突然に出現した小さな中原にも似た。周囲は赤い街道が幾筋も走り、その両側はよく耕作された耕地となっている。そして、そのいたるところに小さな集落があって、その家々は、ウィルレンのように乳房型の白いしっくいで塗り固めた草原の家もあったが、それよりも、中原ふうな、石を積み重ねてしっかりとした四角いかたちに作った家のほうが多かった。

そして、天幕はほとんど見あたらない。ゆくてには、かなり高い城壁がそびえて、草原のまんなかに立つこの都市をしっかりと周囲の騎馬民族の来襲から守っていた。城壁の上には、規則正しくのぞき窓がもうけられ、そこにはもれなく歩哨の姿が見えた。歩哨は弓矢を手にして、ずっと上から草原の四方のようすを見張っているのだ。

そして、城壁の中には、いくつかの尖塔をそなえた、いかにも中原ふうな小都市のすがたがあった。かなり小さいのは小さい。パロでいえば、百万都市クリスタルとはとうてい比べるべくもなく、おそらくマルガ、ロードランド、アライン、サラミス、といった、十万内外の人口をもつ都市ともとうてい比べられぬだろう。

パロでいうなら、国境の小さな町ユノ、あるいはひなびたカレニアの町サイン——そ

のあたりの、人口三〜四万から、いっても五〜六万程度の小都市が、突然に、いささか全体に草原ふうの味わいをそえられて、草原の真っ只中に移し植えられたようだ。

かれら一行は、トルフィヤ郊外の裕福な農民たちの住んでいる地帯を、街道をゆるゆると抜けて通過し、夕刻前にトルフィヤの城門についた。そこで、いったん、トルフィヤに入市を希望するものたちが列をなして、さまざまなことを申告しなくてはならぬ、という規則を告げられていささかのひと悶着になるところだった。

だが、スカール一行であることが、誰かによって告げられたからだろう。スカールが血相をかえる前に、城門の衛兵長がやってきてうやうやしくスカールに挨拶し、もっとも大きい城門を無事に通してくれた。

列を作って、順番を待っている隊商たちや、巡礼たち、そしてさまざまな旅のものたちを尻目にかけて、スカールの一行は悠然と城門を入ったのだが、入ったとたんに、そこに開けてくる、まったく中原のなかにいるのかと思わせる石づくりの——敷石で舗装された道がどこまでも続き、石の四角い家々と尖塔、それにそこそこ立派な商店が道の両側に並んでいる、という光景に、一行のほうがひそかに目を瞠ったのだった。そこには、もう、一歩城門の外に出ればまだそこにひろがっている、ゆたかな草原の緑などかけらもなく、城門のなかは、それこそすべてが石で出来ているかのようにしっかりと人工的な光景に作り替えられてしまっていたのだ。

「なんということだ」

スカールは、馬を歩ませながら思わずもらした。

「ここまでトルフィャが変わっていたとは。これでは、まるきり中原ではないか。少なくともこれは草原の光景じゃない。俺が知っている草原とは、このような都市ではなかった」

「……………」

それに対しては、ヨナはなんと答えてよいかはわからなかったが、すでにこの何日か、スカール一行と行動を共にして、草原のもっとも草原らしい部分を目のあたりにしてきた、という思いはヨナのなかにも充分にあったので、スカールの気持がわからぬことはなかった。

確かに、それは、まったく草原の様式を残しておらぬ都市であった。いや、よく見れば、そこかしこにやはり草原らしさは残ってはいたのだが、なんといっても、「どこにも緑の草や木々がない」ということは、ひとの目をひきつけ、草原との決定的な乖離を印象づけるに充分すぎた。それにそれは、建てられて間もない都市ではなく、すでにその様式のままかなりの年月を重ねて、それなりにしっくりと落ち着いた調和を都市のなかでは見せていたので、なおのこと、そのなかにいれば、一歩外に出たらそこが果て知れぬ緑の草原だ、などということが想像もつかぬような感じだった。

その商店にいたり、また街路を行き来している人々は、しかし、おおむね草原の民らしい格好をまだ残していて、そしてスカール一行を見ると、最初は目引き袖ひきしあい、それから、誰かが必ずそれと見知ってその名を囁くのだろう。そうすると、そこではたちまち、「スカール太子さま！」「黒太子さま、トルフィヤへようこそ！」「太子さま、お久しゅうございます！」といった、歓迎の叫びがあがるのであった。それはいかにもこの草原の小都市がまだ残している、草原らしさそのもののようであった。

街路はかなりの人出でにぎわっていた。ウィルレン・オアシスでは、もうちょっと中心部でも閑散としていたが、トルー・オアシスでは、かなりの人口がこの都市のなかで暮らしていて、そしてまた、かなりの旅行者たちが訪れるようであった。そのさまは、にぎやかな祭りの日なのかと思わせたが、べつだん特に今日がトルースの祭りだというこどもなく、ただ、いつも通りに市が栄えているようすであった。商店街には、びっくりするほど中原めいた、レースだの、絹織物だの、きわめて高級そうな手のこんだ織物の反物をぎっしりとかけならべた店だの、大きなつぼをぎっしりと並べて油を売る店、酒を売る店、実にさまざまな食品を上から下までさまざまに飾り立てている店、ヒッジ《フラー》から家禽、野禽までも、足をくくって上からつるして新鮮な肉を売っている店など、ここではどのような品物でも求められそうであった。それもまた、ごく素朴であったウィルレン・オアシスとは一線を画していた。

スカールたちが道を進んでゆくと、人々はあわてたように左右にわかれて道をよけた。そしてスカールと見知るといそいで歓迎の声をあげたが、その声も、ウィルレン・オアシスで受けた歓迎に比べると、多少よそよそしい――というか、儀礼的な響きがあるようにヨナには感じられた。それに、ここでは、ウィルレン・オアシスでのように、捧げ物を手に手にスカールに押しつけたり、なんとかして受け取ってもらおうとするようなものはほとんどいなかった。それだけでも、都市部と草原との気質がすでにかなり変わってきている、ということが、ヨナにも感じとれるようであった。

スカールはそのトルフィヤの、もっとも繁華な一角をあえて避けて、少し静かな、川ぞいの道に入り、そこでタミルと数人の腹心に、宿を探してくるようにいいつけた。ここでは、さしものスカールたちも、野宿をするわけにはゆかなかったし、する場所もなかった。だが、トルフィヤでは、こうした大人数の、大荷物の旅人たちには馴れっこであるようで、タミルたちはほどもなく、馬ごと、五十人近くに膨れあがっていたスカール一行を引き受けてくれる宿を探し出してきた。

ようやく、かれらが宿に落ち着き、馬を馬小屋に入れてかいばを与えてもらい、自分たちもそれぞれの室に入ったときには、もう、とっくに夕飯の時間であった。この宿はあまり上等のほうではないことが、その建物の汚さや古さ、またほかの客があまりおらぬらしいことからも察せられたが、スカールは、黒太子たる身がそのような古いきたならしいはたごを宿にする体面など、まったく考えてもおらぬようであった。
スカールとヨナだけにひと部屋づつが与えられ、そしてほかのものたちは大体、三〜四人から、若いものは六、七人の大部屋がわりあてられた。ひさびさにヨナは、入浴する設備もあり、また夕食も、携行している旅行用の食糧ではなく、新鮮な材料を料理したちゃんとした食卓についてとる宿屋に入ったのだが、本来であったら、ヴァラキア生まれでクリスタル育ち、といっていいヨナなのだから、そうやって「文明の巷」にやっとまたたどりついたことにほっとし、危険で恐しく、しかも何ひとつ文明的な施設のない野宿が続く草原からはなれてとりあえず安全な城市の城壁のなかに入ってしっかりとした本建築の宿屋の一室に入ったことに、深い安堵の吐息をもらしてもよいはずであったが、奇妙なことに、ヨナは、そうしておのれに与えられた室に入って、四方を石で囲まれ、木造の寝台の上にきちんと清潔な寝具がととのえられた狭い部屋に入ったとき、なんとなく息詰まるように感じたのであった。

「どうした」

その夜の食事は、スカールたちは自分で何も料理する必要も、また焚き火を燃やしたり、後始末をしたりする必要もなかった。ここでは全員が下の食堂に集まって、いくつかのテーブルにわかれて、宿屋の料理人が運んでくる食事をとるようになっていたので、スカールはまたヨナをおのれの隣の席に呼び、ひさびさに馬乳酒ではない、ちゃんとしたはちみつ酒が入っているつぼから、ヨナの杯に手ずから注いでくれながら豪快に笑った。

「なんだか、狐につままれたような顔をしているぞ。──久々に、都会らしい暮らしに戻れて、嬉しかろう。そうではないのか」

「それが、そうでもありませんのです」

ヨナは、あまり飲めないたちではあったが、このさい多少酒が飲みたい気分になっていた。スカールが注いでくれたはちみつ酒の杯をあげてスカールや他のものたちとしきたりどおり乾杯をかわしてから、少しずつ啜ったその強烈に甘い酒は、旅の疲れのせいか、いつになく美味に感じられた。

「なんだか、さっき、自分に割り当てられた室に入ったとき、四方が四角い壁に囲まれ、天井が石づくりでかなり低いのを見ていて、突然に胸が詰まり、息が苦しくなるような気持がいたしました。──これは不思議なことです。わずか、ものの半月ばかり草原を旅したというだけで、私はもう、草原の民の気質が少しばかりうつってきてしまった、とでもいうのでしょうか」

「それは、嬉しい。いや、頼もしい」

スカールはおおいに笑って、豪快に強力なはちみつ酒をあおった。

「案外におぬし、話せるではないか。それに、沿海州で生まれ、ずっとクリスタルの象牙の塔でしか生活してこなかったという学者先生なら、どれだけか、このような草原の旅を続けていることにへこたれて、内心弱音を吐いていることだろうと思っていたのだが、存外、楽しげに旅をしているので、よい案配だと思っていたのだ。お前なら案外、草原でもやってゆけるかもしれんぞ」

「それは、しかし、まだ断言は出来ませんが——しかし、考えてみますと、チチアでは、目の前はつねに広い海がひろがっておりました。——貧しい石工の家ですので、中は汚くて狭かったのですが、一歩外に出てしまえば、目の前にひろがるのは青く美しいレントの海でしたし——クリスタルでは、なんとなく、勉学に夢中になっていたので、それほど閉塞感を感じるいとまもなかったのかもしれません。さきほど、石の部屋に入ってその狭苦しい室内を見たとき、太子さまのお気持が、僭越ながら、強烈に胸のなかに流れ込んでくるような気がいたしました」

「ああ——！　そうだな」

スカールは、深い嘆息を分厚い胸からしぼり出すように云う。その黒い濃い眉の下で、黒い深い瞳は、何かやるせない、狂おしいほどの望郷の念、としかいいようのないものを湛えて光っていた。

「石の都に住み、石の都のなかだけで生きてゆく人々！　俺は、若いころ、もっともっとそれらのものたちを軽蔑していたし、また、まったく理解出来なかったものだ。——

それでいて、俺は、よく、石の都に住む女に心ひかれたものだよ。生涯の妻と思った女は同じグル族の族長のむすめではあったが、その前にはアルカンドの姫に心を奪われ、短い契りを結びもしたし、それから……」

スカールは、じっと何かの追憶にひたるように、はちみつ酒の杯を見つめていた。

「お前は、パロ宮廷でかなりの地位にいたのだろう」

ゆっくりと、やがて、スカールはたずねた。

「お前はもしかして——リギア、という名前の女を知ってはおらぬか？」

「もちろん、存じております」

ヨナは答えた。いずれ、スカールがそのように訊ねるかもしれぬ、ということは、充分に予測していたのだった。

「ナリスさまのご逝去にさいして殉死をとげられた、ナリスさまのご養育役であられた聖騎士侯ルナンどのの息女、聖騎士伯リギアどのとは、いくたびもお目にもかかってありますし、また、それほど深く存じ上げているわけでもございませんが、ともにナリスさまの側近でございましたから、お話をする機会も多くございました」

「あの女は、いまどうしている」

スカールは、そのように問うおのれの心弱さを、ひそかに嗤っているように見えた。その剛毅なおもてはどこか弱々しくなっていた。

「いずれ、ひとにたずねてみようかと思ったり——いや、もう、あれはかりそめの絆ゆえ、もうこの上俺が消息をたずねたりしては、あれに迷惑をかけるであろうと思ったり。——お前は知るまいが、かつて、俺は、そのパロの聖騎士伯である女と、言い交わしたことがあった」

「おそれながら、存じております」

ヨナは丁重に答えた。

「ほう。知っているのか」

「はい。と申すより、パロではそれは有名なお話でございまして……ましてクリスタル・パレスにお仕えしているものとしては、知らぬものとてもございません。アルゴスの黒太子スカール殿下と、聖騎士伯リギア姫の熱烈な恋については、クリスタル・パレスの誰もが存じております」

「そうか」

スカールは意外なことを聞いたようにちょっと考えた。

それから、苦笑してうなづいた。

「それで、あの女に迷惑がかかっておらねば、俺のほうはべつだん何もかまわぬが。それで、リギアは、いまどうしている」

「さあ——いったんは、というよりいくたびもパロをはなれて出奔され——そのたいていは、スカールさまを探しにゆかれた、のだと宮廷の者達は申しておりました。それが真実であったのかどうかは、わたくしはそこまでリギアさまとはおつきあいが深くなかったので、存じませんが……ただ、さいごに戻ってこられたのは、グイン陛下と御一緒にでした」

「グインと、だと」

スカールが、ちょっと意外そうな、唸るような声をたてた。

「それは、いつのことだ」

「わたくしが、グイン陛下をケイロニアにお見送りして、それからややあってこの旅に出てくる――その前のことでございます。グイン陛下がパロにおいでになったとき、リギアさま、そしてほかに数人のパロにつらなる縁のかたたちをお連れになりました。私は、そのう、参謀長だの、博士だのを拝命しておりましても、あまり社交的なほうとは云えませんので、それらのかたたちとあまり親しくお話もいたしませんでしたし――もっぱら、グイン陛下のご病気がらみで、グイン陛下のお世話役のようになっておりましたので、リギアさまとも、それほどお話はしておりませんでしたが――いったん、ことがすべて落ち着いたら、また草原をめざして旅に出るのだ――そして今度こそ、スカール殿下を見つけるのだ、というようなことを、云われていたように思います。あ、いや」

ふいに、思い出して、はっとなってヨナは云った。

2

「草原をめざして、ではございませんでした。――グイン陛下と出会ったとき、陛下が、スカールさまとルード大森林の西、ユラ山系のあたりで出会われ、しばらく行をともにされた、というお話をされていたということで、いろいろあってグイン陛下をパロにお送り申し上げたあとは、急いでユラ山系のほうへおもむき、スカールさまのご足跡をたどるのだ、といっておられたような――でも、太子さまは、このように草原に戻ってこられてしまったのですね……」

「ああ」

スカールは濃く太い眉をぐいとしかめた。

「そうだ。俺は草原に戻った。――ということは」

「リギアさまが、あのとき話しておられたとおり、ユラ山系のほうへ太子さまを探しに旅立ってゆかれると……まったく正反対の方向に旅立ってしまうということに……」

「だが、いまから、俺はここにいるとリギアに知らせてやることもなるまい」

スカールは、ごつい肩をすくめた。

「いまだに俺を探し求めてくれている、と聞くのは嬉しいが、だからといって、こちらから探し求めて会おうとか、ともに暮らすよう使いを出そうとは思わん。すべてものごとはモス——だかミロクだか、それとも運命神ヤーンだか、何でもよいが、そのようなものの思いのままにまかせておくほかはないらしい、ということを俺はこのところになってずいぶんと学んだ。もしもその摂理というものが、俺とリギアをめあわせたり、また再会させてもよい、と思ったならば、いつの日か、運命そのものがリギアを俺のもとに導いてくれようよ」

「しかし、ユラ山系にゆかれては、そこから先の太子さまの足取りを辿るあてとてもおありにならないでしょうね——」

ヨナは、リギアが気の毒になってつぶやくように云った。

「私がクリスタル宮廷を出立したころには、そういえばリギアさまがどうしておられるのか、あまり宮廷にはもう姿をおみせにならなかったので、私は知らぬままきてしまいましたが。——まして女性ひとりで、いかに剣もたち、聖騎士伯にまでなられて腕にも覚え、度胸もおありといいながら、長々と女性のひとり旅を続けられるというのは……もし、太子さまがおいやでなければ、私から、このトルフィヤにいるのを幸い、クリスタルに使いを出して、私がいまスカール太子さまと御一緒にいること、スカールさまにない命を救われたことなどをヴァレリウス宰相に報告したいと存じます。ヴァレリウスどのならば、魔道師でもあり、リギアさまがもしまだクリスタルにいられれば問題なく、またもしすでにユラ山系に出立されていたとしてもなんとかしてリギアさまのゆくえを探し当て、その伝言をすることは可能と思いますが」

ヨナはふと心配になってスカール太子を見やった。

「そのようなことは、私などが口をさしはさむまでもない、余計なことであったでしょうか？」

「そうでもない」

スカールはおのれを嘲るかのように苦笑した。

「お前がそうしてリギアに俺が草原に戻り、おそらく当分は、草原周辺にいるだろう、ということを知らせてやってくれるのは、俺にしてみれば嬉しいことかもしれぬ。——俺も気が弱ったものだと思うが、俺は愛した草原生まれの妻が死んで以来、リギアを抱きもしたし、いとしみもしたが、妻と名のつく女はひとりとしてめとっておらぬ。草原に戻ってきて、いろいろとグル族のなかから妻を選んではどうかというようなすすめも受けたのだが、なんとなく、リギアに悪い——というような心地がして、すべてその話は断ってしまったのだ。そうだな、タミル」

「さようでございます」

タミルはうなづいた。

「俺には、もう、いまはたまたま一緒におらぬが、気に入った女がいるゆえ、そのように無理強いにすすめてくれるな――と太子さまが仰有られましたので、われらグル族の民も、グル族から太子さまに妾をおすすめすることを断念したままになっております」

「べつだん、リギアと、将来を誓ったわけでも、はっきりとお前を妻にしようと言い交わしたわけでもないのだが」

スカールはつぶやくように云い、酒を注げと催促するように、ひかえている小姓の前におのれの杯を突き出した。

「それでも、このようにして、忘れられず、心に残っているというからには、おそらくあの女も、この俺となんらかのえにしがあるということなのだろう。――あるいは、あの女が、いずれ俺の死に水をとってくれる、ということになるのかもしれぬ。そのような予感もする。――それゆえ、グル族の女たちには手を出さなんだままできた。ひとり寝ももうずいぶんと長くなる。――もっとも」

スカールは、ちょっと悽愴な、微笑とも、冷笑とも、つかぬ笑顔をみせた。笑顔というよりも、それは、むしろひきゆがんだ表情であった。

「いまのこの俺が、寝床で女を抱いたところでどうなるとも思えぬ。俺はおのれが本当に生きているのかどうか、疑わしいといった。――ノスフェラスで《放射能》というものをあびて、おのれのからだがさまざまなことになって以来、俺は実にいろいろな目にあってきたが——いまは、おのれが本当に生きた人間であるのかどうかさえ疑っている始末だ。そうである以上、この俺のからだのなかにまだ赤い、熱い血が流れているのかどうか、女を抱いて確かめたい——と思う心地もすでに失せている。それよりも、俺は……」

「はい……？」

「それよりも、俺は、おのれが本当にまともな人間、生ある存在なのかどうかを知りたい。確かめたい——おのれで確信したい。そのためにはどうしたらいいのかと、ずいぶんとイェライイシャにも問いただしたのだ。だが、さほど偉い導師——というのだそうだ、魔道師のなかでも相当に上のほうの位であるらしい——のイェライイシャでさえ、はきとした答えは出来なかった。それほどに、俺はいま、特殊な存在であるらしいのだ」

「特殊な存在……」

「ああ。——イェライイシャは云っていた。俺の血は、グラチウスがいったん、残らず、グラチウスが魔道で作った人工の血に入れ替えられているのだ、とな。——それをしなければ、俺は、おのれのもともとの血がその《放射能》というものを浴びて変化してしまったおかげで、もう何年か前に血を吐き、やせ衰え、日に日に髪は抜け落ち、肌の色もどす黒くかわりはてて死ななくてはならなかったところだったのだそうだ。からだのなかに、その《放射能》というものが作り上げた化け物——とグラチウスは云ったが、それが住みついて、俺のからだを食い荒らすのだそうだ」

「《放射能》が作り上げた化け物が……おからだのなかに住み着いて……」

驚きながらヨナは思わず繰り返した。

「太子さまのおからだを食い荒らすと……」

「ああ、そうだ。そして、最終的には、そのまま放置しておけば、俺のからだは、すべてその化け物になりかわられてしまうらしい。——すでに、かなりの部分、俺は……グラチウスが発見したときには、そうなっていたのだ、とグラチウスは云った。それゆえ、グラチウスの手厚い看護で俺はかろうじていのちをとりとめたのだ、とな。だが、イェライシャのほうは、イェライシャでこう云う。——むろん、確かにグラチウスはそうやって俺のいのちをとりとめてくれたのは確かだし、もしもグラチウスがおらねば、そのままにしておけばいまごろは俺はすっかり死んで、冷たい土の下にやすらっていたことは疑いを入れぬ。だが、そのグラチウスの俺を救ったやり方には、かなりのワナがあったと思われる、とだな」

「ワナ……とは何の……」

「この先は、皆の前でするような話でもない」

スカールは肩をすくめた。

「食事がすんだら俺の室に来るがよい。そこで、話を聞きたければ、さいごまで聞かせてやる。——いや、俺も聞いてほしいのだ。お前の知恵や学識でもしも、少しでもこのような話をうらづけられたり、解釈できるのならば、俺はぜひともそうしてほしいのだから」

そのようなわけで、かなりたっぷりと時間をかけた食事だか、宴だかよくわからぬ夕食が終わると、ヨナはスカールの泊まる室へと招じられて入っていった。スカールはヨナの来るのを待っていたらしく、すでにテーブルの上には杯二つと酒つぼとが用意してあった。

「さきほどの話の続きだな」

スカールはうなづいて、ヨナをおのれのむかいの、丈の低い椅子の上にたっぷりと毛皮の敷物を打ちかけてある寝椅子にかけさせて小姓に酒をつがせ、小姓を下がらせた。

「どこまで話したのであったかな」

「はい、黒魔道師グラチウスの、太子さまを救ったやり方に、ワナがあったのではないかと、魔道師イェライシャが云ったところまで……」

「お前は、そんな、黒魔道師だの、白魔道師だの、というもののいうことを信じるか？」

突然、スカールは、おのれのその話を続けるかわりに、鋭い、射るような目でヨナをにらみすえながら聞いた。

ヨナはうなづいた。

「信じるというよりも……わたくしはパロで、魔道学も学びましたので……親しくともにナリスさまをお助けしていたヴァレリウス宰相からして、上級魔道師でございますし……それに、実を申しますと、その黒魔道師グラチウスなるものは、たびたび、ヴァレリウス宰相の前には出没もしておりますし、パロにも何回もあらわれている、ということでございます。私も何回か見かけましたし、ヴァレリウス宰相から、グラチウスがいろいろと不埒な動きをしているような話も聞いたことがございます。——当人は八百年生きていると自称しているそうでございますが、その真偽などはともかく、その本人が実在していて、かなりの魔力をもつ魔道師であるらしい、ということは、私は疑うもなにも、当人を目のあたりにしておりますから、何も疑問は持ちませぬ」

「そうか」

かなり意外なことをきいたように、スカールは少しのあいだ考えこんでいた。

それから、確かめるように聞いた。

「お前は、黒魔道師グラチウスを知っているのだな」

「はい。私の目の前で、突然出現したり、突然また消え失せたり、確かにパロの平凡な魔道師軍団では及びもつかぬような魔力の証拠を見せつけられたこともございますし、しばらくのあいだ、グラチウスがクリスタル・パレスに滞在し——滞在した、といっていいのかどうかわからないような、変幻自在な居ようではございましたが——ヴァレリウス宰相が困ったものだとぶつぶついいながらも、なかなか頼りにしてもいたようすを見たこともあると思います。——グラチウスにとっては、私などはまったくとるにたらぬ存在で、ヴァレリウス宰相にくっついているただの若造としか思っていなかったでしょうから、私のことは当然、覚えてはいないと思いますけれども」

「お前のように印象の強い者を、グラチウスのような頭のするどいやつが忘れるとは俺は思わんがな」

スカールは云った。ヨナは、おのれがそんなふうに印象が強い、などと思ったこともなければ、ひとにそう云われるだろうと考えたこともなかったので、びっくりして目をぱちぱちさせるばかりだった。

「ならば、だが——お前がグラチウスを知っているし、ことばをかわしたこともある、とまでいうなら話は早い。——あいつは、俺の前にあらわれ、俺を助けてくれようと申し出た。——そして、そのかわりに、あるものを寄越せ、と云ったのだ。それも、最初はまったくそんなことはほのめかしさえしなかった。俺がまだとうてい寿命のこぬ年齢で、そのような最期をとげるということは、あまりにいたましいから、というようなことをいって、きゃつは俺に近づいてきた。俺はそのとき、草原にかろうじて戻って、病を養いながら、いっこうに好転せぬ病状にどんどん病みやつれてゆき、草原では誰もが、黒太子スカールはこの病のためにやせ衰えて死ぬのだ、と信じていたのだ。グラチウスは俺に親切に手当してくれ、薬をくれ——その薬がなくては、俺が生きてゆけぬようにしてしまった。どうやらその薬には、東方のキタイだの、またクムだので使うときく、かの黒蓮の粉か、それと同種の麻薬が入っていたらしい。俺は、その薬がなくては、からだが弱って動かなくなってしまうだけでなく、その薬を飲まずにいると、猛烈に気分が悪くなり、何も出来ず、頭がぼーっとして動くことさえ出来なくなるようなからだにされてしまった。しかもその薬を、グラチウスに云われたとおりに飲んでさえいれば、いたって気分爽快、まったく病気だなどという感じはせぬのだ。——俺は、それまでのあいだ、ずっと、おのれのその病気でひどく苦しめられてきたので、ついついグラチウスのその薬に頼ってしまったが、おのれがその薬なしでは生きてゆけぬようなからだにされてしまった、と悟ったとき、非常な恐怖と、いやな予感にとらわれた。——そして、それは、俺のただの思い過ごしではなかった」

スカールは、にがにがしげに、巨大な拳を力をこめて握り締めた。

「俺が、どうあっても、気分が悪くてそのグラチウスの薬なしでは一日として生きてゆけぬ、というようなからだになってしまったのを確かめてから、きゃつは、俺におもむろに《交換条件》を持ち出してきたのだ。——きゃつは、俺が、ノスフェラスであるものを得たであろう。そしていまでも大切に持っているであろう、俺が病気であるのは、《それ》のせいなのだ、と言い出したのだ」

「その——あるもの、と申しますのは……」

「それについては、いまはまだ云えぬ」

　スカールは首を振った。

「最初はやつは、俺がノスフェラスで見たものについて話せ、情報を与えろ、といって迫ってきた。俺がそれを拒否すると、やつはこんどは、ノスフェラスで俺が《ある秘密》を手に入れたはずだ、それをおのれに与えるなら、俺に完全な健康を取り戻させてやろう、といってきた。俺はそれも断った——きゃつは、さらに、俺がノスフェラスで、《あるもの》を手に入れたはずだ、と云った。それをなぜ、きゃつが知っているのか、俺はわからなかったが非常に驚きはした。まさに、俺は、ノスフェラスで、ある秘密を知り、そしてまたあるものを手に入れていたからだ。——グラチウスはなんとしてもそれが手に入れたかったらしい。俺は、それがグラチウスの本当のつけめだったと知ったので、グラチウスの脅迫を拒否するために、グラチウスの与えてくれた薬をこころみに飲むのをやめた。それはおそろしい精神力を必要としたのだが。——それは習慣性があり、それを飲まないでいると、どっと病が篤くなってくる上に、この上もないくらい体調が悪く、気持が悪く、いたたまれぬほどに苦しい禁断症状が襲ってきたのだ。俺は何回かは、その禁断症状に耐えることが出来なんだ」

「……」

ヨナは息を呑んだ。

スカールは軽くうなづいてみせて、先を続けた。

「俺はかなりなみはずれて苦痛に耐える能力は持っていると思っている。その俺でも、そのグラチウスのあたえた薬が切れるここちあしさには、とうてい耐えきれなかった——というよりも、その薬がなくては、俺は動くことさえ出来ぬ、どす黒い血を吐きながらただ横たわって苦しんでいるだけの生ける屍になってしまったのだ。それゆえ、俺は何回か、またしても節を屈してグラチウスの薬に頼った。だが、そうしていればいるほど、おのれがとんでもないことをしているのだ、ということは明らかになってゆくばかりだった。そしてまた、グラチウスの、俺がノスフェラスで得た秘密をすべて薬が与える俺のかりそめのいのちの代価に寄越せ、という要求も、激しくなってくるばかりだった……」

「それは……また……」

「俺は、そのグラチウスの要求から逃れようと、なんとかしてグラチウスを振り払おうと、あちこち逃げ回り、ついにはイシュトヴァーンがモンゴールの内乱をしずめようとルードの森周辺に入った、という情報を得て、そちらまでもはるばると部の民を率いて出むいていった。だが、それで薬を飲まなくなると、またしてもからだがやられてくる。――そうすると、どこへ俺が赴こうとも、かならずや俺を見つけだしてグラチウスがまたあらわれるのだ。そして、俺は弱りはてているがゆえに、ついつい苦痛にたえきれず、グラチウスの呪わしい薬を口にしてしまう。その薬を飲みさえすれば、俺のからだはたちまち元気と活力とを取り戻す。だが、それは、いかに元気に見えても、俺のいまこうして生きていることそのものが、すべてグラチウスの黒い魔道にあやつられたものなのだ、ということをただ、明らかにするだけのように俺には思われた」

苦々しく――この上もなく苦々しくスカールは云った。

「まあ、そのあいだにあったことどもについてはくだくだしく語るまい。――だが、俺はその後辺境のルードの森にて豹頭王グインと出会い――豹頭王と行動をともにすることとなった。そして、それが、俺に新しい局面を開いてくれた。――グインが懇意にしているという、《ドールに追われる男》……黒魔道師であることをやめて、黒魔道の徒の標的となったという偉大な魔道師イェライシャが、俺の身柄を引き受け、グラチウスがかけた黒魔道の呪いから、俺を助けてくれる、といって、俺を引き取ってくれたのだ。俺は最初はひどく疑っていた――グラチウスの所業が所業であっただけに、またしてもこれは第二のグラチウスではないのか、それが第一のグラチウスよりもマシだ、という何の保証があるのか、もしもこやつが腹の悪い黒魔道師で、しかもグラチウスよりももっと腕のたつやつだったとしたら、俺はおそらく今度こそそやつのいいようにしてやられることになるのだぞ――とだな」

「はあ……」

「だが、イェライシャは、まったく報酬ぬき、見返りなしで、俺を助けてくれた。――俺のからだから、長い時間かけてグラチウスの注ぎ込んだ黒魔道の術と薬による毒を解毒し、抜き、そしてその根本にある俺の病を少しづつ癒してくれた。――そのイェライシャでさえ、俺が本当にはもとの体には戻れぬ身なのだ、ということは認めざるを得なかった。俺はもう、二度と本当の健康体には戻れない身なのだそうだ。というよりも、ノスフェラスで得た病だけではなく、その後にグラチウスが、いかにも俺の健康を案じ、病を治そうとしてくれるふりをして注ぎ込んだ黒魔道のために、俺は少しづつ体を破壊され、少しづつ黒魔道で出来た体に入れ替えられつつあったのだというのだ」

「……」

ちょっとぞっとして、ヨナは身をふるわせた。

スカールはそれを見やってうなづいた。

「そう、俺は、グラチウスに、本当は生きているとはいえぬただの、グラチウスの黒魔道で動いているだけの屍にされつつあったらしい。――イェライシャは、その俺のからだから、少しづつ黒魔道の毒をまず取り除いてくれた。それは長いことかかる上にきわめて苦しい試練だったが、少しづつ俺はグラチウスの薬がなしでも耐えられるようになっていった。禁断症状が少しづつ抜けていったのだ。――イェライシャはおのれの結界に俺を連れて行き、時間をかけて治療してくれた。その間、部の民たちは不安を抱いたままじっと待っていた。――イェライシャの結界というのはまた、何処にあるのか、本当にこの地上にあるのかないのか、俺にはさっぱりわからぬようなものだったのだがな。――俺は、かつては、草原生まれ草原育ち、筋金入りの魔道嫌いだったものだ。だが、その俺が、そのようにして、黒魔道と白魔道とのどちらも名だたる大導師のとりことなり、ありとある大魔道の実態を目の前に見せられることになった。皮肉なものだ」

「………」

「そうして、まず、俺がグラチウスの黒い薬の影響から脱してきてから、少しづつイェライシャは本当の意味での治療をはじめてくれた。だが、そのイェライシャも言い出した――いや、それは、グラチウスのように、それを寄越せといったのではない。イェライシャは、俺が、何かからだのなかに、病気のもとを持っている。それを取り出して捨ててしまわぬかぎり、俺の病は癒えぬだろう、といったのだ」

「病気のもと……」

「ああ、そうだ。俺がノスフェラスで――ノスフェラスの体験のもっとも核心となる、《グル・ヌー》という場所で、何か重大な、その地に属するものを得たか、与えられたか、知らず知らずにとりつけられたかしただろう。それが、ずっと俺のからだとともにあって、それがその《放射能》というものを出し続けている。——それはあまり大きくないものなので、かなり微弱だが、しかし確実にそれはずっとその毒素を出し続けている。それがある限りは、俺の病気は治らぬし、俺はいずれは死ぬだろう、とイェライシャも云った。——だが、正直いうと俺には心当たりはなかった……ある秘密を得たことについては自覚はあった。だが、何か、あのおそるべき《グル・ヌー》の体験から、持ち帰ってきた、という意識はなかったのだ。……もしかしたら、知らぬうちにロカンドラスが、何かを俺に持たせたのかもしれぬ……だが俺にはその自覚はなかった」

「ロカンドラス……」

「ああ。俺を《グル・ヌー》にいざなった、《北の賢者》と呼ぶ、これまたきわめて偉大な魔道師だという老人だ」

「北の賢者ロカンドラス……」

「おぬしは、知らぬか。それはそれでよい。——ともあれ、俺はそれゆえ、グラチウスにおのれの見た秘密や、得た秘密をあかすつもりもなかったし、またいかにイェライシャにそのように云われても、おのれがノスフェラスで何か、そのような致命的な記念の品などを持ち帰ってきた、などということはない、と信じていた。イェライシャもまた、俺のからだをいくたびかあらため、徹底的に調べてくれたのだが、どうしてもそれらしいものは見つからぬ、という。だが、イェライイシャが魔道で作り上げた、その《放射能》をはかり、検出する機械でみると、俺は全身から、きわめて強烈なその毒素を放出しつづけているのだそうだ」

「太子さまが……」

「そうだ。そのせいかもしれぬ。俺の部下どもも、俺とともに旅を続けるあいだに、けっこう大勢、得体の知れぬ病で倒れて死んだものがいる。俺がどうやら、きゃつらの死因となった毒をからだから放っていたらしいのだ」

「そんな……」

ヨナはまた息を呑んだ。

スカールは、ちょっと寂しげに嗤った。

「そうなのだ。——すなわち、実のところ、ノスフェラスから何か持ち帰ってきたのではなく、俺そのものが、その《放射能》をおびたからだになってしまったのではないか、と……とうとうイェライイシャはそう結論を出さざるを得なかった」

3

「しかし——そんなことが……」

「そうだ。そしてイェライシャは、今度は俺自身をその毒から守ることは出来ないけれども、少なくともほかのものを俺の毒で汚染せぬようにしてやろう、といってくれた。そして、実にさまざまな——俺にはまったく何がどうなっているのかわからぬ魔道の処置がほどこされ、俺は少しづつ、健康を回復していった。むろん、もう、グラチウスの薬を飲む必要はまったくなくなっていたし、グラチウスが作り替えようとしていたからだそのものを変えてしまったのだから、いまもしグラチウスの薬を無理矢理服用しようとしたら、それは俺にとって致命的な毒になるだろう、というのが、イェライシャの云ったことばだったのだ。俺は、イェライシャのもとで、長いこと療養し、少しづつ、いまお前が見ているとおりの俺に戻っていった——実に長い道のりだったが、少しづつ本当の健康を取り戻していったのだ。だが……」

「……………」

「確かに健康は取り戻したし、もうグラチウスの薬は必要もなくなったし、それが毒だ、ということも理解した。だが、それでは、本当に俺が生きた健康な人間、ただの普通の人間たち——お前と同じようなだ、そのようなからだに戻ったのか、といわれれば、俺は、それはこころもとない。俺はなんとなく——これはなんとなく俺がそのように感じる、というだけで何の証拠もあるわけではないのだから、なんとも云いようがないのだが、なんとはなしに、どこかに違和感をずっと感じ続けているのだ」

「違和感を……」

「ああ、そうだ。少なくとも、グラチウスの薬によって生かされていたときの、どうにもならぬ違和感、異質さの感じ、これは違う、というはっきりとした感じとはそれはずいぶん異なっている。確かにイェライシャは善意だけで俺を救ってくれ、何もそれこそグラチウスのように世界征服などを企んでいるのではない、ということは俺には断言出来るし、イェライシャそのものは信用出来る人間だと思う。そのことは、グインも、またヴァレリウスも証言してくれた。グインのいうことは俺は信用出来る。また、ヴァレリウスは——きゃつはまあ魔道師だし、当然いろいろとうろんな存在ではあるが、しかし、他の魔道師どもよりは、ひょうきんな分、ずいぶんと信頼できることは確かだとは認めてやってもいい。その二人のいうことだから、俺は無条件に信じてもよいとは思っている。——だが」

「………」

「イェライシャが信用出来ぬという問題ではない。イェライシャは確かに俺のためによいようにしてくれたのだろう。だが、そうではなく、俺自身のからだが――もう、おそらく、何か決定的に変わってしまったのかもしれぬ。そんな気がする。――いつもは、普段はたいして違和感もおもてにはのぼってこない。だが、あるとき、突然に、ああ、これは本当の俺ではない――そう感じるのだ。そしてまた、からだの中身そのものが、もしかして、もう以前のようには動いていないのではないか、グラチウスは黒魔道、イェライシャは白魔道の違いこそあれ、本当は俺のからだは、かれら大魔道師たちのおそるべきわざによってだけ生かされて、こうして動いているのに過ぎぬのであって、しんじつはとっくに俺は息絶えてしまっているのではないか――つまりは、本当の俺というのは、すでにゾンビーなのではないか、という、その疑惑を、どうしても俺は消すことが出来ないのだ」

「そ……それは……」

ヨナは、なんと返答してよいかわからぬまま口ごもった。

それは、あまりにも、ヨナのかつて知らぬようなとてつもない疑惑であり、悩みであり、煩悶であった。いや、ヨナでなくとも、このような悩みを抱えた人間と出会うということは、まずこの世界では十割ありえないことであったに違いない。そもそも、そのような、「自分は本当は死んでいるのかもしれない」というような疑惑や煩悶を抱いている人間そのものが、まず希有というより、皆無であるはずだった。だが、ことのなりゆきを聞いてゆけば、ヨナとても、それが、ありうべからざることではないのだ、ということは理解せざるを得ない。

(だけれども——私にはどうすることも出来ぬ——私は魔道師でもないし、私の学識など、本当にわずかばかりのものだということが、こうしていると実によく理解されてきて、これまで自分はいったい何をしてきたのだろうという忸怩たる気持にさらされる。

……だが……)

スカールは、ヨナのその、困惑したようすを、じっと見つめていた。その目は、深い苦しみと、だが同時に、奇妙なくらい深い理解をたたえて、ものごとのすべてをすでに透徹した遠いところから見下ろしているかのようだった。

「まあ、よい」

スカールは、突然にそのように宣言してその話を打ち切った。

「いますぐ、お前にどうこうしてもらえる、などと期待もしておらぬし、そんなに簡単に解決するような問題であったら、俺はこのように長いあいだ悩んでなどおるまい。天下の三大魔道師だの、それにつぐ高名な魔道師だというような連中が、さんざんに俺をいじくりまわして、それでも結句わからなかったことだったのだ。——俺が見てきた謎というのはそれほどに深い、ということだったのだろう」

「それは——ノスフェラスの謎が、という……」

「ああ、そうだ。ほかに何がある」

苦笑するようにスカールは答えた。

「すべてはノスフェラスからはじまったのだ。俺は、先日イシュトヴァーンを討つためにルードの森へ出むいたとき、もしかして、このままもう一度ノスフェラスに渡って、《グル・ヌー》を探してみれば、何か変わるだろうか、と考えないでもなかった。賢者ロカンドラスは入寂したそうだが、いまだにその魂魄はこの地にとどまり、《グル・ヌー》を守っている、ということを、俺は風のたよりにきいた。だとしたら、俺がそうやって《グル・ヌー》を訪れることが出来れば、魂魄となったロカンドラスがあらわれて、俺に、俺自身の肉体がどのようになっているのかの真実や、《グル・ヌー》についての秘密をさらに教えてくれぬものでもない。……だが、いまの俺は……」

「……」

「一見健康は取り戻したようだし、一応ひとなみの戦闘も、旅も、なんでも出来るが、それでいてやはり本当に本当の健康ではないのだな。ちょっと、無理をすると、たちどころにからだがおかしくなる。——無理が続くと、どうにもおのれのからだの自由がきかなくなってきたりする。ふいにからだにいろいろ発疹があらわれたり、どす黒くなってしまったり――そのたびに、イェライシャにもらった薬を飲むのだが、それがなかなかきかずに困ることもある。それは不思議と、戦闘しているときだの、旅しているときには起こらず、いったん落ち着いてほっと一息ついたときなどに起きてくる症状なので、もしかしたら、精神的なゆるみがかかわっているのかもしれんのだがな」

「さようでございますか……」

「それゆえ、おそらくノスフェラスの内奥までの旅をもう一度繰り返すことは俺の健康が許すまい。――また、部の民どもにも、たびかさなる俺の我儘のおかげでひどく迷惑をかけている。沢山のグル族たちが、俺についてくるために命を落としたし、それでグル族もかつては草原最大の部族のひとつだったのに、いまでは半減以下になってしまっている。それでも、俺が戻ってくればいやがりもせず、うらみごともいわずに忠誠を尽くして、また違う若者たちを俺の側仕えにまわしてくれる。――つくづく、感謝している」

「はあ……」

「ヨナ博士。俺は、お前のような、賢い人間に出会ったなら、一度聞いてみたいと思っていたことがあった」

「は――何でございましょうか？」

「それは……俺のように、病からはじまって、黒魔道にからだをのっとられたのかもしれず、かろうじてイェライシャの魔道によって生きているような、こういう人間でも、『生きている』と云えるのだろうか？　ということだ。——それはまた、『生きている』とは何だ？　ということでもある。——先日、グインとともに旅をしていて俺はつくづく思った。人間とは何だろう。——グインはあのとおり豹頭だ。それだけ見るならばやはりグインは異形であって、通常の人間とは云われぬだろう。だが、俺から見ればグインは世の常の人間よりもよほど人間らしく、男らしく、戦士らしい。——見た目はまったく普通の人間でも、心の中はグインよりもはるかに異形で、人間の心を失ってしまっているようなものも沢山いる。——そう考えると、人間とは何なのか、生きているとは、どういう状態を指すことなのか——何が正しく、何が正しくないのか、俺はつくづく考えこんでしまうのだ。そして、この俺自身が、こうして『生かされている』のは正しいことなのかどうか——人としての俺はもはや、遠い昔に、あのノスフェラスから帰ってきたあたりで死にたえていて、いまの俺はただの死霊として、当人は生きていると誤解しているけれども本当はまったく生きてなどおらぬままに、うろうろとこの世を徘徊している、さまよえる化け物、亡霊なのだろうか、と考えてしまうのだ」

「そのような——そのようなことはございますまい」

ヨナはいくぶん狼狽しながら云った。

「私のような若輩が申し上げるのも、おかしなことでございますが——太子さまはまぎれもなくこうして、ここにおいでになり、生きておいでになるわけですし、ちゃんとものを召し上がり、酒を飲まれ、夜はやすまれて、朝になると起きて活動しておいでです。もっとも単純明快に生きているとは何かというのであれば、それは、息をしていて、そしてものを感じて、おのれで考えて、そして食事をし、酒を飲みもし、眠ったり、朝になればおきて動き出す、という状態のことであろうと私は考えます。また、人間と呼ぶのはどのような存在であるかと申せば、ひとの心をもち、ひととしておのれを意識している存在であって、いま太子さまがおっしゃられたように、見た目は普通でもグイン陛下よりもはるかに心は異形としか申せないものもずいぶんいるかと思います。——私は、クリスタル・パレスでグイン陛下のご記憶の治療にたずさわり、ずいぶんお話をさせていただきましたが、陛下はおのれが記憶を失っておられることにとても心を痛めておられ、ほかにもいろいろな心痛を抱えておられました。そうした陛下のお気持を考えるならば、とうてい、たとえ豹頭であろうと私には、陛下が人間でない、などとは考えることも出来ませんでしたし——むしろ、とても人間的なおかただ、普通以上にきわめて人間的なゆたかで傷つきやすい心を持ったおかただ、と思いました」

「そうだな」

スカールは深々とうなづいた。

「俺もそう思った。俺は彼が好きだし、ひと目でこれは信頼出来る男だと思った。他のどんな男よりも奴は男だ。それがただ、豹頭だというだけで、『人でない』として扱われてしまうのだったら、すでにゾンビーと化しているこの俺のほうこそ、どれだけか人でなどありえぬに違いない、とな。——お前がパロでグインの治療に当たっていたというのははじめて聞いたが、それで、その治療は効果をあげたのか。彼は、あれほど悩んでいた記憶を取り戻したのか」

「それが……」

一瞬、ヨナは、この異国の男にこのような重大な秘密をどこまで打ち明けたものか、迷った。だが、スカールの真摯な、己れの苦悩をずっと抱いてきた目を見つめ返したとき、ヨナの心は決まった。

「それが、ある意味では取り戻したとも申せますし、ある意味では、そうでなかったのです」

「それは、どういうことだ」

「つまり——何といったらいいか、というより、どこから申し上げたらいいか……」

ヨナは、この草原の鷹に、どのように話せば理解してもらえるものかと考えこみながら、すばやく頭をまとめた。

「太子さまは、パロに伝わる大いなる秘密——《古代機械》のことを、お聞きになったことがおありでしょうか」

「あるどころのだんではない」

だが、答えは意外だった。

「俺は、かつて、その機械でナリスに脅迫されたことがあるぞ。――その機械のなかに押し込められかけたこともある。そして、このままアルゴスへ送り返すか、それともどこかまったく見知らぬ場所へ転送しようか、といわれたのだ。あのような驚くべき体験を、忘れられるものではない」

「そのようなことが、ございましたので……」

「ああ。だがかなり昔のことだ。俺がノスフェラスから帰って、妻を失い、傷心の身をクリスタルに寄せた折のことだ。もう、考えてみればずいぶんとそれから時がたっている。――ナリスはまだまったく元気で、いろいろと陰謀を巡らしていた。そして、俺をその古代機械とやらを見せつけて、脅迫してまで、なんとかして俺がノスフェラスで何を見聞きしたのか、俺がどんなノスフェラスの秘密を手に入れてきたのか、まるでのちのちのグラチウスのようにありとあらゆる手を使って聞き出そうとしていた。だが、俺は何も語らなかったがな。後年の、体の自由をうしない、そのかわりに何やらずっとひととしての心を持つようになった、と俺が感じたあやつであったら、まったく話は違ったかもしれぬがな。そのときには、俺はまったくきゃつには何ももらさぬまま、また当時のレムス国王もしきりと俺のノスフェラスでの体験について探りを入れてこようとしたので、そうそうにパロを発ってしまった。だがむろん、古代機械のことはよく覚えている。ナリスは、それを使って俺のところへ突然あらわれてみせたのだ」

「ええ」

ヨナは懐かしく思い出しながら云った。

「ナリスさまは、パレス内の近距離であれば、かなり自由自在に古代機械を使いこなせるようになっておいでてでした。――が、私がお話申し上げようとしたのは、そのことではございません。古代機械、というものは、私どもが一生懸命判読し、理解しようとしてもなかなか一筋縄ではゆかぬような、きわめて不思議な機械でございました。――いったん、それは、グイン陛下がパロの内戦に介入されたとき、グイン陛下を《最終マスター》として受け入れ、そして、グイン陛下の命令どおりに動くようになり――そして、グイン陛下は古代機械によって失踪されたのです。そうして、スカールさまのお話をあわせて考えれば、陛下はノスフェラスにあらわれ、それからケス河を渡ってルードの森に出現されて、イシュトヴァーンの軍勢と戦い、それからスカールさまとお会いになることになったと」

「そういうことだな」

「それからスカールさまともたもとをわかって、はるばるとパロへ戻る旅をはじめられ、その旅のどこかで、マリウスさまと会い、またリギアさまとも会われて結局パロに戻られた。いろいろなことがその旅の途中であったようですが、それについては、私は、詳細にうかがう前に不思議なことが起こったので、途中までしか知らないのです」

「不思議なこと」

「そうです。——ヴァレリウス宰相と私は、ずっと相談して、古代機械にその《最終マスター》であるグイン陛下をいわば『会わせ』たら、何がおこるのか、陛下の失われたご記憶があるいは戻るのではないかと期待しておりました。そして、いろいろ考えたすえ、陛下をついに古代機械の眠るヤヌスの塔の地下の部屋へお連れしたのです。——古代機械は、グイン陛下をおそらくはノスフェラスへ転送して、そのまま動きをとめ、まったく我々では何の反応も引き起こせないような状態になっていたのでした」

「フム……」

「ところが、古代機械は、グイン陛下がそのそばに近づいたとたんに、思いもよらぬ激烈な反応をいたしました。これは、私が、ヴァレリウスともども、目の前で体験したことだけをお話しております。伝聞でも、うわさでもなんでもありません」

「そのようなことは、疑っておらぬさ。続けるがいい」

「古代機械は、あっという間にグイン陛下をその中にいわば《吸いこんで》しまいました。ほかに何と形容していいのかわかりません。——私とヴァレリウスは茫然と見守るだけでした。それからややあって、突然、古代機械は陛下をいわばこんどは《吐き出して》返してよこしました。そのとき、世にも不思議なことには、その前にかなり重い傷を負っておられた陛下のからだは、傷などまったくなかったかのように、あとかたもなく治っており――そしてまた、陛下の失われた記憶は、ほぼもとに戻っており――だが、部分的にいろいろな欠損がありました。そうして、陛下が、記憶を失ったまま旅しておられたときのご記憶のほうは、逆に綺麗さっぱり失われていたのです」

「何だと」

ちょっと衝撃を受けたようすで、スカールはぐいと上体を起こした。

「グインが、旅していたときの記憶を綺麗さっぱり失っていただと。――ということは、俺と出会い――あのおそるべき火の山で、辛くも生き延びたことをもか」

「はい。そのようなことがあったとは、陛下はすべて忘れてしまっておられました。そしてまた、パロ内戦に介入してこられ、その内戦の本当の仕掛け人だった怪物ともども古代機械によっていずれかへ飛ばされた、というようなこともすっかり忘れておられた――記憶のはじまる位置が、いわば、もうちょっと前のところに戻ってしまわれた、とでもいったらいいでしょうか。――私は、その後ヴァレリウスにいろいろ命じられたとおり、陛下のご記憶を補うために、その後あったことをいろいろご伝授いたしましたが、あまりにあわただしくたくさんのことが起こり、また、あまりにもめまぐるしく、信じがたかったためか、陛下のほうもいろいろと戸惑ったり、めんくらったりされておいでのようでした。――そうこうするうちに、いずれにせよ急ぎ国表に戻らなくてはならない、ということになって、陛下は、まだすっかり記憶のすきまを埋めぬうちに、ケイロニアにお戻りになることになってしまったのですが」

「ふむ……」

スカールは、今度は、しばらく何も云わずに考えこんでいた。

それから、ゆっくりとまた口を開いたとき、スカールのおももちはいっそう沈痛になっていた。

「そうか。――グインは、ルードの森で俺と出会い、火の山での冒険を共にしたことも、そうしていのちの危機をともに乗り越えたことによって、俺とやつが終生の友情のきずなで結ばれたことも……俺そのもののことさえも、忘れてしまった、とか――」

「はい……」

ヨナはすまなさそうにうなだれた。

「申し訳ございません」

「何をいっている。お前がやつの記憶を操作したわけではあるまい。その古代機械がやったことなのだろう」

「はい。しかし、古代機械に陛下を近づけるとき、充分に、もしかしてそのようなことはありうるかもしれぬ、とは、私とヴァレリウスは予想はしておりましたのです。それゆえ……」

「いや、だが——おそらくグインにとっては、おのれの本来の記憶を多少なりとも、たとえ何処かに欠損があるにせよ、取り戻したほうがはるかに楽だろう。……グインは、俺とともにあるあいだ、つねにその記憶の失われていることに、ひどく苦しんでいるように俺には見えた。それも俺には、やつへの友情というか、共感を高めるのに役立った。俺はそのころ、もっとも体調のすぐれぬ時でな。グラチウスの黒魔道の薬をなんとかして飲まずにすまそうとしておったので、非常に衰弱していた。体が思うようにならぬ俺と、おのれの頭脳を信じることのできぬグイン——どちらも、そのような苦しみがあることで、いっそう、俺は奴を好きだと思ったのかもしれぬ」

「さようでございましたか……」

「だが、俺は、やつが呼び寄せてくれた魔道師イェライシャのおかげでこのように一応健康を取り戻し——やつはその古代機械のおかげで記憶の欠損を……かつての記憶が甦って、記憶を失っていたあいだの記憶がなくなってしまった、ということだな？」

「その通りです。ただ、いくつかの点で、まったくあるはずの記憶が失われている部分もおありになりました。それはまるで、古代機械が選んで修正したようだ、とヴァレリウスは非常に不思議がっておりました。まるで、古代機械が、グイン陛下の脳のなかをのぞきみて、ここは具合が悪いから取り去ってしまおう、ここはそのままにしておいてよかろう、ここは元通りに治してやったほうが都合がいいだろう、というようなふうに、いろいろと修正を加えたかのようなな」

「……」

また、スカールは、しばらく黙り込んで、そのヨナのことばについてじっと考えているようだった。

ヨナも黙ったまま、スカールがまた口を開くのを待った。

ややあって、スカールは云った。だが、それは、また、ヨナにはかなり意外な言葉だった。

「だとすると……もしかしたら、俺はまたやつに《はじめて出会う》ことになるのかもしれぬな」

「は？　と、申されますと……」

「俺が、はじめてグインと出会ったときのことだ。例の黒魔道師グラチウスがあらわれて、妙なことをいろいろと抜かしたのだ。俺とグインが——なんといったのであったか、やつ——そうだ、北の豹と南の鷹がはじめて相会うとき、そこに何かが生じるはずなのだが、何も起きぬのが不思議だ……というようなことだったと思う」

「北の豹と南の鷹が……はじめて相会うとき、そこに何かが生じる……」

ヨナはなんとなくぞくりとして繰り返した。

「それは……太子さま……」

「俺も、実は、そのように感じていた。ずっと、俺は、いつかグインに出会うだろう──そして、そのときには、何かおおいなる変転が俺の運命に訪れるだろう、というような気がしてならなかったのだ。だが……実際にグインと出会ったとき、確かに俺は、かの伝説の英雄とついに巡り会ったのだ、という感動こそあれ、決してそのように、天地がひっくり返るような事柄がおきた、という印象を受けなかった。すぐにグイン当人をとても好きになり、おのれの魂の双生児のようなやつだと思うようになったにせよ、俺がかねて予想していたのはなんといったらいいか──グラチウスが云ったような、もっと劇的な、もっと重大な《何か》がおこり、俺の運命が永遠に変わってしまうような、そういう予感だったのだが」

4

トルフィヤに、夜は深かった。

ヨナは、ふとおもてをあげた。——おのれが、たったいま、その草原の、これまで見も知らずにきた白い都市の片隅の宿屋で、これも伝説的な存在であるアルゴスの黒太子と向かい合い、そしてその驚くべき秘密を聞かされ、おのれもまた、おのれの体験した驚くべき事実を打ち明けているのだ——というような感慨が、ふっとヨナの胸をよぎったのだ。

（ヴァレリウスどのが……ここにいたら、なんというだろう。……彼こそ、本当はもっともここにいたかっただろうに……）

それよりもさらにそのような話を聞きたかったのは、疑いもなく、アルド・ナリスその人であったかもしれぬ。

（ナリスさまがおられたら、この話全体をどのように感じられただろう。——ナリスさまは、古代機械についても、ノスフェラスについてもいろいろな驚くべき仮説をたてていられた。……ナリスさまがおられたら、おそらく、スカール太子のそのノスフェラスの物語にも……また、スカール太子とグイン陛下がルードの森で出会い、さまざまな不思議な冒険をともにした、という話にも、きっとおおいなる意味を見出されただろうに……）

「俺は、それゆえ、グインと出会っても、特に何も驚くべき変化だの、天地がゆるぎだすようなことが起きなかった、ということに、いささか拍子抜けしたのだ。それはそれとして、グインとはそののちおおいに気脈は通じたものの、いまだに、俺はずっとなんとなく、『もっと何かが起こると思っていたのだが』というような心持がしていた。——だが、いま、お前の話をきいて、ちょっと気が変わった。というよりも、そうだったのか、というような心持がした。もしやして、あのとき、何も起きなかったのは、グインが必要な記憶を失っていたせいではなかったか——記憶そのものがその人間だとするのならば、あのとき俺が出会った相手は、グインであって、半分はすでにグインではないような、そういう相手だったのかもしれぬ。だとしたら、今度、もしも、完全に記憶を取り戻したグインと俺が、ふたたび相会う時がくるとしたら……」

「太子さま……」

「そのときこそ……」

スカールは、ふいに、おのれを嗤うように、肩をすくめた。

「そのとき、何が起こるだろうというのか……それは、いまの俺にはもう、まったくわからぬだけではなく、すべては俺の考え過ぎだったのではないか、とさえ思えるのだが。――かつては、この俺も、この世界を動かしているおおいなる力によって選ばれた何人かのうちであろうと考えて思い上がっていたこともあった。おのれの動静が、この世界の動静に直結しているはずだ、とさえな。だが、こうして一介の風来坊として草原から辺境へ、そしてまた辺境から草原へとさすらい歩く身となったいまの俺は、そのような自信を抱きつづけていることは出来ぬ。グインが俺を忘れてしまったのは、それはあるいは、俺という存在がまったくもはや中原にとって影響ある存在ではなくなったいま、当然のことであったかもしれぬ、とさえ思えるのだ。――人間、からだを病むというのは、心もまたしだいにいじけてゆくことであるようだな」

「そのような……」

「まあいい。グインが、失った記憶を取り戻している、というのは、グイン当人のためにはすこぶる結構なことだ。俺はもしもう一度きゃつと出会うときがくるとしたら、そのときには、今度こそ、記憶を失って不安に怯えているのではない、本当の豹頭王グインと出会うことになるわけなのだな」

「……………」

スカールには、ことのほか、その、グインの消息は重大に感じ取られたようであった。

トルフィヤでは、そのような話を内密にかわしたほかには何ほどの事件らしいことも起こらず、スカール一行は今度は貢ぎ物も受け取ることはなかったかわりに必要な品をすべて市場で揃えることが出来た。トルフィヤの市場はきわめて栄えていて、本当に金に糸目をつけずに探せば、どのようなものでも手に入る、といった盛況であった。

すでに、ウィルレン・オアシスで捧げられた食糧や飲料などはみな、底をついていたので、スカールは惜しみなく金を渡して一行全員と、そして馬たちのための必要品を調達させた。だが、これから先の旅については、スカールは、「これまでとはまったく違うものになるだろう」と、皆に言い聞かせていた。

「この先トルー・オアシスを出て、赤い街道をひたすらレント沿岸のスリカクラムにむかって東上すれば、スリカクラムからはまた沿岸づたいに数日でヤガに着く。――その間はずっと小さな漁村、農村が続いていて、もう、草原の旅でも砂漠の旅でもない。また、このところスリカクラムも急速にミロク教にかたむき、ほとんどミロク教徒の町といっていい状態になりつつあると聞いている。それゆえ、ヤガに入る前に、いろいろ逆の意味で――ミロク教徒でないものが、何のためにヤガを目指すか、と問いただされたりする危険はあるかもしれんが、実質的な危険はすべてなくなったと考えていいだろう。――カシンにせよサイカにせよ、もうここまでは追いすがってくることはない。まもなく、草原ではなくなるからな。気を付けるのは、トルフィヤを出て、トルース国境をこえてからスリカクラムの圏内に入るまでのほんの短い間だけだ」

「そこには、どのような危険が？」

ヨナは気にしてたずねてみた。スカールは首をふった。

「大した危険ではない。こちらがそなえさえあれば、まったく案ずることもないような危険だ。そのあたりには、やはり、抵抗せぬミロク教徒の旅人を専門に狙うちょっとした山賊団がいる、というような話を聞いている。だが、それはまったく我々から見ればとるにたらぬような連中だからな。心配することはない。お前の身はきわめて安全だ。それよりも、スリカクラムに入ってからヤガに向かうまでのあいだに、いよいよ俺はなんとかして、最低限ミロク教徒に化けられる程度のことをさまざまに、お前に教えてもらっておかねばならぬようだ」

スカールの云ったとおり、トルフィヤをあとにして、トルース国境を、同じような草原の続くなかにどこまでもどこまでも伸びてゆく赤い街道ぞいに過ぎてゆく旅には、何の危険も感じられなかった。

トルフィヤを出て、赤い街道に入って以来、同じ街道を往来する旅人の姿が目立って増えてきていた。それも、明らかに、増加しているのはミロク教徒であって、黒いフード付きマントをつけた巡礼たちばかりではなく、これはミロク教の僧侶、僧職、あるいはその見習いである、とひと目で見分けられる、黄色い独特の袈裟を黒い僧服の上からかけ、そしてその上からフード付きマントをかけて、首からミロク十字のペンダントをかけたものたちの姿がしょっちゅう目につくようになっていた。

ヨナは、ミロク教徒の慣例に従って、巡礼のマントの上から、はっきりと目立つように、それまではマントの内側にかけていたミロク十字のペンダントをおもてに出してかけ、胸に「パロからきた」ということをあかしだてる、クリスタル市の紋章をかたどったバッジをつけた。そして、ヨナがゆきかうミロク教徒たちと、さだめられたとおりに挨拶をかわしてすれ違うさまを、スカールはいたって興味深そうに眺めていた。

「俺の身の回りには、これまでミロク教徒であるものは、一人としておらなんだのでな」

スカールはヨナのようすを見守りながら云った。

「ミロク教徒どうしがどのようにふるまうものかもあまり見たことがなかった。けっこう、挨拶のしかたもいろいろと特徴があって、なかなかこれは即席にミロク教徒に化けようと思っても難儀なようだな」

「ミロク教徒は、このとおりフードをつけておもてを隠しておりますし、互いにほとんど口をきかぬまま礼をかわしたりいたしますし」

ヨナは説明した。

「それゆえ、もしも悪心をもつやつが、ミロク教徒に化けて悪事を働こうと思えば、顔も隠したまま、いろいろなことが出来てしまうと思います。それゆえ、ミロク教団は非常にこまごまとした動作をことあるごとにさだめて、滅多なことではミロク教徒を詐称出来ぬようにしたのです。ミロク教徒たちは常住坐臥《じょうじゅうざが》ミロク教徒としての仕来りにしたがって行動しますので、それがもう身についておりますが、にわかごしらえでミロク教徒に化けようとしてもなかなか不可能だ、ということです」

「だが、なんとかそれをしなくてはならんというわけだな」

スカールは笑った。そして、それからの毎晩、宿に入るたびに、ヨナを同じ室か、隣の室にするように手配させ、早めに夕食をすませると早速ヨナを呼んで、当人としてはかなり必死にミロク教徒に化けるための練習をおさおさ怠りなかった。ヨナが案じていたのは、ミロク教徒が仲間どうし挨拶するときのさまざまなこまごまとしたことばのやりとり、ミロクの聖句の使い方、などだったが、これはもう、一朝一夕で覚えられるようなものでもなかったので、ヨナはいっそ「あまり口がきけないということにしては」と提案して、スカールを、不幸な病気のために口がきけなくなってミロク教徒に入信した剣闘士、というような設定を考え出した。これは、ヨナ当人は知るすべもなかったが、期せずしてグインがクムで化けようとした設定とほとんど同じようなものであったが、どこから見てもごつい戦士にしか見えぬグインやスカールのような、本来ミロク教徒になるわけのないような連中をなんとかして、一生まったく剣をとることもない平和なミロク教徒に見せかけようとするときには、それしか考えつきようもなかったのだ。

「スリカクラムでは、それで大した難儀はないと思いますが……ヤガに入ると、こんどはみな、逆にフードをあけて、顔を出して歩かなくてはならなくなります」

ヨナは心配した。

「まだ、沿海州でもこのあたりですと草原がきわめて近く……太子さまのお顔やお姿を見知っているものもずいぶんいるのではないかと、それが心配なのですが。といって、ヤガでは、『ミロクさまのもとではみな平等』と云いまして、巡礼してきたものたちもみなフードをとるのがしきたりになっております。――ミロクの巡礼が各地でフードをかぶっておもてを隠しているのは、身元を隠すためではなく、あれは、ミロク教徒にとってはきわめておぞましいと思われる、俗世の汚れを極力身によせつけず、見ないようにするためなのです」

「なんと、そうなのか」

スカールは、妙にその話が気に入ったらしく、おおいに笑った。

「そうとは知らなんだ。ミロク教徒であるとさまざまに迫害を受けるので、それで顔を隠して、おのれの氏素性を知られぬようにしているのだとばかり思っていた」

「ミロク教徒は、たとえ迫害を受けても、それをミロクさまの下された試練として、喜んで受けなくてはならないのです」

ヨナは云った。

「そうして、どのような迫害、差別を受けようとも、決してそれに対して怒りを感じたり、抗議をすることがあってはならない。それは、むしろ、そのような迫害、差別をあたえる人間の心の貧しさと、そのようなことをするにいたるためには、その人の心におそらく深い暗闇や、飢えや怒りがあるのであろうから、そのようにして差別し、迫害する者のために祈り、その人の心が平安を得るようにしなくてはならない、というのが、ミロクさまの教えなのです」

「それはまた、草原では思いきり支持されることのなさそうな教えだと云わなくてはならんな」

スカールはまた呵々と笑った。

「それに、そのようなことを云っているあいだに、お前の仲間たちのように、皆殺しにされてしまったら、どうするつもりなのだ？　それでも、おのれを殺す相手の心が平安を得るように祈らなくてはならぬというのか？　そこまでゆけば、いっそ大したものであるかもしれんが」

「そのとおりです」

ヨナは静かに答えた。

「むろん、現実にその通りにできる人間はきっと限られているでしょう。――でも、そうであればあるほど、ミロク教徒の徳の高いものたちや、位が上の僧侶たちは、もっとも激しく迫害されるときこそ、もっとも深くおのれは救われる機会に面しているのだ、と申します。そうして、どれほど迫害されようと、また惨殺のうきめにあおうと、それもすべてはミロクの下された試練として、進んで受け入れ、安らかにその迫害のもとに死んでゆくことが正しい——とするのです」

「俺にはわからん。お前たち、ミロク教徒が、どうして、これまでの数年間で全員死に絶えておらぬのか、ということが一番わからん」

スカールは、いささか不気味そうに云った。

「それどころかそのような、おのれやおのれの愛する者を守るために戦うことを一切禁じるような教えに、どんどん信者が増えて、それがそうやって都市を造りあげ、とうとう国家の体裁までも持ち始めるにいたっている、ということが、理解出来ん。——人間であるからには、そうやって都市を造り、国家までもなしていれば、そこに当然私利私欲をむさぼるやつばらがあらわれてこようし、それによって、被害をこうむり、丸裸にされるような者も出てこよう。——そうしたものたちは、その、おのれをえじきにしたやつらを敵と見なして訴え出たり、あるいはおのれ自身で身を守ろうとしたりすることはないのか?」

「それは、ミロクの教えで禁じられております」

ヨナは静かに云った。だが、そう云いながらも、おのれが、内心ではすでにひそかにスカールの側にくみしているのかもしれぬことを、感じないわけにはゆかなかった。

「ミロクさまは、この世で出会うすべてのことは、正しいミロクの目から見たときにはじめて本当の意味がわかる——そのときすべての苦しみは祝福となり、すべての受難こそが素晴しい幸いとなるのだ、と教えておられます。——ミロクその人が、はるか昔にこの世に生誕されたとき、罪なくして非常な迫害にあわれ、最終的には拷問によってこの世を去ることになったのでした。その恐しい無残な運命をミロク様が受け入れ、そしてむしろ祝福であるとされたことによって、ミロクはミロク教の永遠の始祖となられたのです」

「おのれが迫害され、拷問されて罪なくして惨死することを受け入れ、祝福としただと？」

スカールは云った。その声はひどく疑わしげな響きを帯びていた。

「そんなことがこの世に存在すると思うか。それは、もしあったとすれば偽善者だ。本当の人間の心というものは、つねに決してそのようには動かぬはずだ」

「しかし、ミロクさまは、そのように感じることによって、おのれの運命を昇華され、みごとに天に生まれ変わられたのです。それによって、ミロクさまは神人として復活し、そしていまははるかな天の高みにあって、いずれははるかな未来にこの世を救済するためにあらわれるべく、ひたすら修行をつんでおられる、とミロク教の教えは言い伝えます。――次にミロクさまがひとのなかに宿り、そうして降臨されるときに、この世界は最終的に変貌をとげ、二度と争いごとや恐しい戦い、醜い殺し合いなどの存在しない平和と繁栄と幸福とが支配する世界になるだろうと」

「平和と繁栄と幸福とが支配する世界――争いも戦いも殺し合いもない世界だと？」

今度は、吐き捨てるように、スカールは云った。その濃い眉はけわしく曇っていた。

「そのようなものがあってたまるか。あったとしたら、それこそは俺にとってはまぎれもない地獄そのものにほかならぬ。何も俺は闘いを好む、殺し合いが好きだと云っているわけではない。ただ、俺は人間の本性とは、つまるところ醜い、浅間しい、おのれの私利私欲をしか考えぬものだと思っている。むろん、そうでない者もいることはいようし、中には本当に天使か聖者のような清らかな心を持った者さえもいるかもしれぬ。そして、それがすなわちミロクの教えとやらに傾いて、そうした世の中が到来することを夢見ているのかもしれぬ。それはわからぬでもない」

「太子さま……」

「だが、現実にはどうだ。実際には草原では、強い者が生き残り、弱い者はとって食われる。べつだんそれは残酷なことでもなんでもなく、太古の昔から我々はそうやって生きながらえてきた。強い者は弱い者をくらって生き延び、弱い者は不平だろうがなんだろうが、弱いからこそ強い者にむさぼり食われてその餌食となる運命をまぬかれなかった。――そして、食われたくなければ強くなり、あるいはとって喰らう猛獣のおらぬ平和な石で囲まれた土地へ逃げ込んで身を守ろうとするしかなかった。――それが、人間のひとつの真実だと俺は思う。もしもヤガが本当にそのような信念をもち、軍隊ひとつ持たぬまま富んで栄え、そしてそれが長年のあいだどこからも、誰からも侵略されず、とって食われることもないままにゆけるとしたら、それはそれこそミロクのご加護であるか、それともただの偶然のよんだ奇蹟であるというしかない。それともあるいは、実際にはミロクの国、ミロクの都市には、善良なミロク教徒たちの相知らぬひそかな秘密があって、おそるべき闇の軍隊がそれを取り仕切り守っていたり、あるいはミロクのとてつもない魔道、黒魔道よりも凄い魔道がそれを守っているか、そのどちらかだ。――だが、戦わぬ、剣は持たぬ、ひとは殺さぬといっていながら、もしも闇の軍隊を持っているとしたら、それはまさしくただの欺瞞でしかない。俺は、かすかな欺瞞のにおいをかぎつけて、それでもしかして、お前に同行してミロクの国のその腐敗か欺瞞か――それともおどろくべき奇蹟かを、この目で確かめたいのかもしれぬ」

「太子さま……それは――」

「だから、俺はお前についてヤガに潜入しようと思ったのだ。もしかして本当にお前のいうとおりの町であれば、それはいずれは必ずや草原のどこかの国の侵略を受けぬわけにはゆかんぞ。それは、何をどう信じようと、どのようなおこないをしようと必ずそうなる。それが、草原と、そして沿海州の掟だったのだ。沿海州の小さな国々や自由都市諸国は、その侵略を逃れるために相互条約を結び、ついには沿海州連合を作り上げた。草原の民たちはいまだ、そのようにして、互いの不可侵条約を結ぶまでにはいたっておらぬ。いや、気質からいって、永久にそういうことはないだろう。だが、もしも草原でこれ以上版図をひろげることは不可能だが、もっと美味な獲物が欲しい、と思う騎馬の民がいたとしたら、そやつらは、いずれは必ず沿海州に目をつける。――沿海州の国々は交易で富み栄えている。だが、沿海州連合の存在によって、そこを襲うのはいまでは容易ではない。かつては、アルカンドのように、毎年のように騎馬の民によって惨憺たる被害を受けていた都市もあったものだがな」

一瞬、スカールは遠い思い出を追うかのように目を宙に遊ばせた。

「だが、いまでは、アルカンドも沿海州連合に所属してその庇護を受けている。ヤガ、テッサラ、スリカクラムが、もしもその連合に属することを拒んであくまでも独立自治の自由都市であろうとするなら――あるいはそれらがミロクの教えの名のもとに集合してまたあらたな国家を建設しようという動きがあるなら、おそらく沿海州連合は黙っておらぬだろうし――また、草原の各国、各騎馬の民もいろいろと思惑があろうよ。それを、あくまでも不戦、本当に剣をとらず、掠奪されようと殺害されようとその敵に祝福を与える、というような考えでいながら、切り抜けてゆけると考えているのだったら……」

スカールは、考えただけでもばかばかしい、と言いたげに、ぱちりと指を鳴らした。

「まあいい。もうあと十日もたたず、俺はこの目で、みずからヤガの実態、ミロク教徒の実態を確かめられることになるのだからな。もうちょっと、真面目にお前の教授を受けることにしておこう。何だったかな——ミロクの十字架をかかげて額のところにつけ、そして三回礼をする——それが、遠来の同胞に対する歓迎の礼だったな」

「はい、そして、その礼をされたほうはそれを受けて、おのれの首にしているミロクの十字架を唇にあて、『ミロクのみ恵みを』と唱えます。そののちに、おのれの右手を相手の左手にあて、左手を相手の右手にゆだねて、同胞の挨拶をいたします」

「俺は口がきけぬことになっているのだから、その文句は唱えなくてもよいわけだな」

「さようですね……ただ、唇くらいはそのとおりに動かしていただいたほうがいいと思いますが」

ヨナは、もともとが教師にはごく適した性格であったし、そもそもが本職は教師でもあったので、スカールがかなり覚えのよい生徒であったこともあって、スカールがなんとかミロク教徒の町でも、かなり突っ込んだ事態でなければ一応ミロク教徒で通るだけの礼儀作法とミロク教団の常識を教え込むことには、あまり苦労しなかった。

だが、ヨナはかなり心配していた。それはやはり、ひとつにはスカールの人相風体があまりにも有名だ、ということもあったし、もうひとつは、もしも人相風体でそれとわからぬものでも、スカールの帯びているただごとならぬ殺気――というか剣気、闘気とでもいったものが、あまりにもミロク教徒の雰囲気とかけはなれすぎている、ということがあったからである。スカールをミロク教徒に見せかけるのは、さながら巨大な古代の剣歯トラを白い毛皮をかぶせて大きな山羊《ゴルド》だと見せかけようとするにも似た。

だが、ヨナは、いっそう驚かされることになった。明日はスリカクラムに入る、という、街道筋の小さな旅館に泊まったその翌朝である。

「なんと！　太子さま、そのお姿は！」

ヨナは、朝食に室から出てきたスカールの姿をみて、思わず叫び声をあげた。そして、これからは「太子さま」と呼んではならぬのだ、とあらためておのれにかたく言い聞かせなくてはならなかった。

だが、ヨナが仰天したのも無理はなかった。スカールの部の民たちも、それを手伝ったらしいイミル以外は目を丸くしていて、あわや敬愛するスカールをそれと見分けられぬところだったのだ。

スカールは、綺麗に、おのれの象徴といってもよい黒くこわいひげをさっぱりとそり落とし、そして長い髪の毛さえもかなり短く首の後ろで切りそろえて、そして前日にヨナが宿のある小さな町の市場で手に入れてきた、黒い巡礼のマントと、そしてその下に、「道服」と通称される、ミロク教徒が好んで着る黒い筒型の衿と筒袖、ゆったりと膝のあたりまで上着があって、その両側が腰近くまで切れ上がって刺繍がへりにほどこされているチュニックと、黒いゆったりしたズボンが組み合わされたものを身につけていた。そして、首からは真新しいミロク十字のペンダントが下がっていた。髭を剃り落としたスカールが、きわめて若く、そして妙に学者然として見えることに、ヨナは一驚を禁じ得なかった。

「なんと、太子さま」

ヨナは思わず叫んだものだ。

「まるで、パロのミロク教徒の小導師のようなお姿ですよ！　それならば、口をきかぬかぎりは、誰にも——たとえリギアさまにだって見分けはつきますまい。なんということだ！」

第四話　ヤーンの分かれ道

1

「何だって」

思わず、カメロンは叫びながら椅子から腰を浮かせた。あまりにも突然の知らせに、あわや知らせを持ってきた伝令を、「ふざけるな、そんな馬鹿なことがあるか」と怒鳴りつけてしまいそうな心境だったのだ。

「もう一度云って見ろ。そんな馬鹿なことが」

「く、繰り返して申し上げます」

伝令はいささかびくついたようすだった。

「昨日、イシュトヴァーン陛下は親衛隊の精鋭一千人をお連れになられたのみにて、内密にイシュタールを出立されましてございます。——カメロン宰相閣下には、陛下がイシュトヴァーン・パレスを出発し、イシュタール市内を出られたことを確認してより、出立の旨を御報告するようにと、陛下よりじきじきのお申し付けでございましたので、御報告がただいまになりました」

「何だと。ばかな……」

カメロンは、瞬間、ぎりぎりと歯を噛みならしそうになったのを、辛うじて、机の両端を両手で激しくつかんでこらえた。いきなりの憤怒に、まさに怒髪天を衝くとはこのことか、と云いたいくらい、はらわたが煮えくりかえっていた。

（俺を――俺をだましたのか、イシュト。何も……ひとこともそんなことを云っていなかったじゃないか。第一、そんな……それでは、俺の――立場ってものは……）

が、カメロンは、かろうじておのれを押さえた。はらわたはなおも煮えくりかえっていたが、ただの伝令に過ぎぬ部下の騎士の前で、さらにいっそうそのような激怒した様子を見せてしまっては、どのような噂にならぬものでもないし、また、カメロンが完全にイシュトヴァーンに出し抜かれた、という事実を、この伝令の騎士の口から、宮廷内に漏らされてしまわぬものでもない。

「わかった。もうよい、下がっておれ」

そう云ったものの、カメロンは、まだおのれの顔が、真っ赤に血がのぼっているのを意識していた。

伝令が、なんとなくびくついたようすでカメロンを眺めて、一礼して下がってゆく。

カメロンは、急いで鈴を鳴らした。

「お呼びでございますか」

「馬だ。一番足の速いのを一頭、いますぐに宮殿の西門に用意させろ。俺が乗る。すぐに出る——それから、ドライドン騎士団の当番のものにいますぐ執務室に来るようにと」

「かしこまりました」

カメロンの近習はよく鍛えられている。何も聞き返すこともなく、ただちに云われたとおりにするために下がっていった。

（くそ……）

いまから追いかけて、それでイシュトヴァーンが変心しようとはとても思えなかったが、それでもこのままでは、とうてい腹の虫が癒えなかった。

（イシュトー——よくぞそこまで……俺をたばかってくれる……）

少しでも、このような行動に出るだろうと予測がついていたら、それなりに心の準備も出来ていたかもしれないが、イシュトヴァーンは前日まで、ごく上機嫌で、かつ何ひとつ変わったことがないように過ごしていた。カメロンが毎日の恒例の、朝の挨拶兼報告にいったときにも、夕方の「御機嫌伺い」に顔を出したときにも、明日早くにそんな暴挙をしでかそうというような様子は、何ひとつ、イシュトヴァーンは見せていなかったのだ。それが、いっそう、腹が立つ。

もっとも、よく考えれば、イシュトヴァーンがそのような突拍子もないふるまいに出るかもしれない、ということは、本来なら予想出来てしかるべきだった。イシュトヴァーンは、ずっと、少数の護衛を率いただけでパロにゆきたがっていたのだ。イシュトヴァーンは、突然いろいろなことを思いついて、それに狂ったように熱中してほかの考えがまったく頭に入らなくなることがある。今回もそのでんで、「クリスタルに行ってリンダ女王を口説き、かつての恋を再燃させて、リンダと結婚してゴーラとパロとを融合させる」という、アイディア——といっていいかどうかわからぬような思いつきに熱中してしまっていたことは、カメロンはとっくに知っていたのだ。イシュトヴァーンからも何回も聞かされたし、それに対してカメロンがいろいろと反対意見を述べると、イシュトヴァーンは、おとなしく聞いているふりはしていたが、ごく不平そうだった。

イシュトヴァーンは、おのれの思いついたことどもを、ただちにそのまま実行に移さないと我慢出来ない。それをあれこれと止められると、たとえ当人がその反対には理がある、とひそかに認めていても——いやむしろ、それだといっそう、意地になってなんとしてでもそのおのれの思いつきを実行に移そうとする。それはもう、イシュタールを建設するときの騒ぎで、カメロンにはよくわかっていた。

イシュトヴァーンには、彼自身が思いついたとおりにさせてやらなくてはならない。

だが、それは、時として、あまりにも高くついたり、無駄だったり、カメロンから見ればあまりにも愚かしかったりすることもままあるのだが、それを云えばいうほど、イシュトヴァーンはやっきになる。むしろ、イシュトヴァーンが、「一千人ほどの手兵だけを引き連れて、パロに自ら乗り込んでリンダを口説き、結婚してみせる」と言い出したときに、本当はそれがよい考えだとおだててやり、ただ時期尚早だからもう少しは待つように、といっておけばよかったのだ、と、馬を飛ばしてイシュトヴァーン・パレスを飛び出しながら、カメロンはひそかに悔いた。

付き従うのは、ドライドン騎士団の精鋭数人のみ――ゆきかうものたちは、カメロンをそれと見知ると、そのカメロンのただならぬ形相と馬の飛ばしように、いったいイシュタールに何が起こったのかと不安そうに顔をみあわせ、ひそひそと囁きあっている。だが、そんなことなど、かまっているいとまもなく、気に留めるゆとりもなかった。

(そういえば……ひと月ほどはおとなしくして傷が治るのを待って……それから、というようなことを云っていたのだったな。それをついつい……それで安心してしまっていたが、あれは――ひと月、というのは、かけねなしの本気だったんだ。――そのひと月のあいだだったから、やつは大人しくしていただけだったんだ……)

なんという始末におえない奴だろう――馬の首にしがみつきながら、カメロンはひそかに重たい溜息を洩らした。その溜息さえも、激しくかかりたてられてかつかつとひづめを鳴らしてイシュタールの真新しい街路を駆け抜けてゆく馬の、嵐のような速度にまぎれて風に吹き散らされてゆく。

（というより……なんだか、だんだん――手におえなくなる。いまに――きっと俺ではどうにも制御出来なくなってしまうだろう。いや、もうそうなっている。だから、こうして、俺を無視してこんな……）

もともとは海の男ではあるが、むろんヴァラキアの海軍総督ともあろうカメロンだ。騎乗の技術にせよ、ひとに遅れをとるつもりはない。

また、ともなうドライドン騎士団の面々も、日頃ひたすら鍛えている。これまた、遅れることもなく、飛ばしに飛ばすカメロンの馬にぴったりとついてくる。

イシュトヴァーンの軍勢は早朝に出たとはいえ、一応は一千人という人数だ。たぶん追いつけるだろう、とカメロンは踏んでいた。左右に、白く美しく整った、いかにも上流階級の館、といった建物が並び、緑も美しく整備されて刈り込まれている、いかにも人工的な感はいなめないがとても端正で美しいイシュタールの風景があとへ、あとへと流れてゆく。何ものであろうとも、イシュトヴァーンを引き留めることはできないのか

――カメロンは思った。

（イシュト。――お前は、いったい、何処へいってしまうのだ。何処へゆこうとしているのだ……何を本当は望んでいるのだ……）

　イシュトヴァーン当人にさえ、本当は、おのれが何を望んでいるのか、理解出来ている、とはカメロンには思えない。最初は、リンダを手に入れるために、対等な王の座について迎えにゆく——と約束したことで、それにひきずられるようにしてなんとかしてどこかの王座を目指す、という気持もあっただろう。だが、それでモンゴール大公アムネリスの恋人となり、夫となり、そしてモンゴールの右府将軍となり——ついでついにゴーラ王となった。その、いずれにせよ血にまみれた軌跡のなかには、自分でこうしようと意識し、強い意志でおのれの人生を組み立てていった、という痕跡は、少なくともカメロンには感じられない。

（お前のやることは、いつも、ゆきあたりばったりで——よく言えばきわめて運がいいのにまかせているし、悪くいえば、何も考えることもなく、ただ出た目、出た目にふりまわされて動いているだけのことだ……そうじゃないか……）

（だが、お前はもう、もとのお前じゃない。——少なくとも、あの、赤い街道の盗賊の若き首領だったころなら……せめて、モンゴールの将軍であっただけでも、まだそれですんだかもしれない。だが、いまのお前は——お前が偶然にせよ、かちとって打ち立てた、ゴーラという立派な名をもつひとつの国家の、元首なんだぞ——王なのだぞ……）

　結局、イシュトヴァーンには、「王である」ということの意味も、責任も、まったくわかっていないのだ、と思う。それはもう、最初からわかっていた。イシュトヴァーンは、ただ、幼い子供が新しい帽子を欲しがるように王冠を欲しがり、リンダという景品を手にいれるためにどこかの王になりたいと願っただけのことなのだ。

（その証拠に……だから、リンダの夫になるために王となろう、と思っていながら――アムネリスという違う女が王座に近い地位をもたらしてくれると思うと、すぐにそちらになびいて、アムネリスと結婚まで出来たのだろう……）

そういえば、なぜ、イシュトヴァーンは、アムネリスと結婚したのだろう、いや、結婚出来たのだろう、とカメロンは思った。

イシュトヴァーンが、アムネリスと恋に落ちたのではない、ということだけははっきりしている。イシュトヴァーンはむしろ、アムネリスが苦手だったし、それがすべての悲劇のみなもとだったのだ。

（王になるためだけか――だが、あのときのアムネリスはモンゴール大公で、それと結婚したところで、よくいってモンゴール大公の夫、という地位につけるだけのことだった。確かに一介の傭兵でいるよりはずっと、どこかの王座には近くなったかもしれないが……そのかわり、アムネリスと結婚すればリンダとは結婚出来なくなる、ということは、イシュトはまったく考えなかったのだろうか。それとも、いざ王になってしまえば、アムネリスを片付けて――恐しい話だが、毒のひとつも盛ってしまえばすむことだ、とでも考えていたのか。……いや、そこまでは、いかな俺でも考えたくはない。俺のイシュト――かつて、俺のイシュト、と呼んだやつが、そこまで、くされはてた、残虐な思考をするようになりはてていたとは、思いたくない）

（それとも……リンダと結婚することは不可能だと思って――目先にあらわれたアムネリスに走ったのだろうか？　だとしたらそれもあまりに軽佻浮薄なとしか云いようがない……）

カメロンは、イシュトヴァーンが、かつて、アルド・ナリスとリンダのことを知って、それによってリンダとの恋を思いきった、という事実は知らぬ。

だが、それを知っていたとしても、やはり、納得のゆかぬ思いは残っただろう。

（だが、あいつは……アムネリスの侍女、しかも一番気に入りの侍女に手を出した上に、それとの約束を破り――しかも、あまつさえ……その女に手を出したことさえ、すっかり忘れていた。ひどいやつだ――まあ、あれだけもてる奴なら、そんなものかもしれないが、それにしても、女たらし、不道徳――不誠実の汚名はまぬかれまい……）

カメロン自身は、港港でさまざまな女たちを一夜の臥床の友としたことはあっても、さだまった恋人というものは、ながらく持っていない。

そういう海の男は多い。いつ命をおとすかわからぬ身で、愛する女に悲しみを味あわせたくない、という思い、また、長いあいだ留守にして、女の変心を見たくない、女に待つ苦しみをも味あわせたくない、というようなことを誠実に考えるがゆえに、好きな女がいてもそうと告白することもなく、一生独身で終わる海の男はヴァラキアにはけっこう多いのだ。カメロンもまた、そのように考えたゆえ、ずっと、《海の兄弟》たちを家族として、独身のままこの年齢まで生きてきた。ふしだら、とか、不道徳、淫乱、といったような事柄には、ことに、カメロンは、反発がある。

（イシュトが、そんな奴だとは……思っていなかったが……）

だが、やっていることは、はたから見れば、非難を浴びざるを得ないような、いい加減で、その場しのぎで、しかもゆきあたりばったり、おのれの欲望というより、なりゆきまかせのことばかりだ。もっともそれは、女がらみに限ったことではない。基本的に、イシュトヴァーンのやることなすことというのは、ゆきあたりばったりの思いつきをもとにした、あまり前後の展望のないことが多い。それを強引に押し通してくることが出来たのは、確かに悪運も強いし、当人も、思いついたらそれを強引にすべてを突破して実現しようとする力がことのほか、強いのだろう。

（だが——）

そんな状態で、クリスタルにいったところで、あの潔癖なリンダ女王が見向きもするものか——いまは亡き夫アルド・ナリスへの貞節を守るため、いまだに喪服を脱がないという、それほどの貞潔な女王が、かつておのれを平然と裏切って違う女の夫となることで地位を手にいれ、さらにその妻を裏切ってゴーラ王となり、妻を悲嘆のうちに死なせ——そしてまた、アムネリスは知っていたかどうかはわからぬとはいえ、その妻の気に入りの侍女におのれの子供を生ませてしまうような放埒な男に、かつて恋をしたことさえ、呪わしく思うのではないか——そう、カメロンは、思っている。

だからこそ、イシュトヴァーンを、パロにゆかせることには大反対だった。何の効果もないばかりではない。イシュトヴァーン自身が、手ひどく振られて傷ついたり、そのことでかっと逆上して、何をしでかすかわからぬ状態になるのではないか、と思うと、心配でたまらない。

（いっそ、俺もついていってしまえば……まだしもかもしれないのだが……少なくとも、監視役にはなるだろうが、そうしたら、今度はイシュタールががらあきになってしまう……）

ここでも結局、「ゴーラの人材不足」という、カメロンがゴーラの宰相を引き受けて以来、ずっと直面してこなくてはならなかった大問題が、カメロンをとらえている。

（くそ……そうやって、俺にまた、尻拭いをさせて……おのれはやりたい放題をしていればいいと思うのか……お前は。そこまで、俺が、お前のいうことを唯々諾々ときくただの虫けらででもあるかのような扱いをするのか……しかも、ひとことの断りも相談さえもなく……）

もっとも、相談されたり、ことわられたりしたら、当然、火をふいて反対し、とめようとしたには違いない。カメロンが、イシュトヴァーンのその、パロ行きの計画に大反対であったのは、イシュトヴァーンは百も承知の上だ。だからこそ、カメロンを出し抜いて、右腕であり、すべてを預けている宰相であるカメロンに何も知らせないで隠密にイシュタールを出発する、という暴挙に出たのだろう。

「おやじさん！」

右側を走っていたドライドン騎士団の勇士、ワン・エンが、馬を寄せてきて、叫んだ。

「あそこに！」

「ああ」

むっつりと、カメロンは馬上でうなづく。目のいいカメロンにも、もう、ワンが見つけると同時くらいに、それは目に入っていた。

イシュトヴァーンの率いる、一千人の親衛隊の軍勢だ。戦いの場でなら、一千人は小勢かもしれないが、何もない平時に一千人もの騎士たちが、いずれもきちんと武装し、マントをつけ、イシュトヴァーン王の旗を押し立てて赤い街道を進軍してゆけば、それはきわめて目立つ。

（あの旗印は……ヤン・インが副将だな。イシュトの隣の馬は——むろんマルコだろう）

ヤン・インはまだ二十五歳にもならぬ、イシュトヴァーンの気に入りの親衛隊のうら若い将軍だ。ゴーラの将軍たちは、みんなとても若い。それゆえ、イシュトヴァーンは、まるで、やんちゃな不良少年たちの親分のような気分でずっといつづけているのだし、また、将軍たち、副官たちなど位をもらっているものたちのほうも、いまだにちゃんとした礼儀作法も覚えようとはしないし、ただただ強ければいい、というだけで、イシュトヴァーンに対してもまるきり友達扱いだ。イシュトヴァーンがモンゴールに残したウー・リーだけは、早く抜擢されたせいもあって、少しづつ将軍としての貫禄だの、責任感だのも身につけつつあるようにカメロンは思っていたが、それでもまだまだ、町の不良少年の面影のほうが強い。ほかのものたちなどはまして、カメロンからはなかなか覚えて見分けをつけるのも難しいくらいな若造ばかりだ。とうてい、イシュトヴァーンの無茶を押さえたり、いさめたりするような立場にはないばかりか、むしろかれら自身が面白がって無茶をけしかけたり、一緒になってやったりするだろう。また、イシュトヴァーン自身が、まだまだそういう「遊び仲間」に飢えている。かつては赤い街道の盗賊として、部下たちを率いて無茶をしていたものだが、そのときの仲間たちと別れたり、引き離されたりして、イシュトヴァーンがとてもショックを受けていたのは、カメロンもよく覚えている。

カメロン自身もいまだにドライドン騎士団を率いているくらいだから、イシュトヴァーンのその仲間が欲しい気持はわからないわけではなかったが、それにしても、一国の王ともある身としては、あまりにも、まわりにおいている連中が軽々しく、無茶で、頼りにならぬ、としか、カメロンには思えなかった。

「おーい。おーい」

ワン・エンが、カメロンに軽く会釈してから一気に馬に鞭をあてて速度をあげ、まだ遠くに見えるその軍勢めがけて走り出す。ともにきた他の四騎は、どうしようかと迷ったようだが、ワン・エンにまかせ、自分たちはカメロンの護衛に、というつもりだろう。カメロンの馬に足並みをあわせてかつかつと赤い街道を走り続けている。

もう、イシュタールの町なかはとっくに出て、イシュタールからガザへ向かう街道に入っていた。もともとがイシュタールはあまりそのあたりに住むものもおらぬ古城バルヴィナを切り開いた新興の都市だ。その周辺にこそ、イシュタールでの商売をめあてに住み着いたものたちもいるが、郊外に町々がずっと開けている、アルセイスのような古い都市とはまったく違って、あたりはちょっとゆけばただちに深い森のなかに入る。このあとは、ガザ、ダーハンと南下するまでずっと、かなりの山岳地帯といっていい深い森が続いてゆくだけだ。

（イシュトは、クム領内を避けて、マイラスから自由国境地帯を下ってゆくつもりか……）

普通なら、盗賊、山賊の登場をおそれて、多少回り道になっても、正規のルートをたどってゆくのだろうが、イシュトヴァーンはおのれの武勇には絶対の自信を持っている。おまけに、連れている千騎はとびきりよりぬきの精鋭だ。これだけいれば一つの国を乗っ取ることさえ出来る、というほどの自信に満ちているのだから、最短距離で危険な自由国境地帯を南下するだろう。それに、いま、世界じゅうに、凶暴さと残忍さと勇猛で知られているゴーラ王イシュトヴァーンの軍勢と知って、あえて襲いかかってくるような無謀な山賊など、ひとりもいはすまい。

なんとなく、胸のなかに苦いものがまたしてもたぎりたってくるのをなでさすりながら、カメロンは、ワン・エンが遠く軍勢に追いつき、そしてゆっくりと進んでいた軍勢がとまるのを見ていた。むろんその間にもおのれの馬はどんどんイシュトヴァーン軍に追いついてゆく。

「宰相閣下」

停止したイシュトヴァーン軍のものたちが、左右にさっと別れてカメロンの一行に道をあけた。その統制のとれていることだけは、イシュトヴァーンの薫陶よろしくとカメロンも認めざるを得ない。

「イシュ――イシュトヴァーン陛下！」

いきなり「イシュト」と親しげに呼びかけることをはばかって、カメロンは煮える胸をこらえて馬から飛び降り、軍勢の先頭近いところで騎乗のまま待っていた、イシュトヴァーンにむかって近づいていった。

「なんだ、こんなところまで追いかけてきて」

だが、カメロンは、機先を制された格好になった。軽快な旅姿のイシュトヴァーンは、もうモンゴールで受けた傷もすっかり治った元気そのものの顔で、カメロンを見るなり、にこりと笑ったのだ。手放しの、警戒心などまったくなさげな笑顔だった。くらりとしかけるおのれに内心で大喝をくれて、カメロンは街道の赤レンガに膝をつき、臣下の礼をした。

「何か急用だったのか？　だったら、伝令をくれれば、引き返したのに、じきじきに宰相みずからが追いかけてくるとはただごとじゃないな」

「陛下」

カメロンは、重々しく云った。

「お人払いを願わしゅう」

「人払い……といってもここじゃあな……」

イシュトヴァーンは相変わらずの無手勝流ぶりで、あたりを困ったように見回した。だが、おそらく、カメロンが、そうと知ればただではすまない、とは予想はしていないわけではなかったのだろう。かるく肩をすくめると、小姓にむかって手をふった。

「よし、しょうがねえ。みんな、小休止だ。まだ昼飯にはちょっと早いが、そろそろ昼飯の用意をしとけ。俺はちょっと宰相と内緒話があるらしい」

　小姓がすぐに伝令にたつ。それを見送って、イシュトヴァーンは、カメロンにかるくあごをしゃくった。

「聞かれちゃまずい話なら、ちょっと街道をはずれようぜ。あの森かげまでゆけば、二人だけで話が出来る」

　にやりと笑って付け加える。

「痴話喧嘩だと思われなきゃいいがな。冗談だよ」

　カメロンはむすっとしていたので、それに答えるどころではなかった。

　イシュトヴァーンは、馬に乗ったまま、街道からはなれて、森のなかへどんどん入ってゆく。急いでおのれの馬のところに戻り、カメロンも馬に飛び乗って、そのイシュトヴァーンのあとを追った。イシュトヴァーンの愛用の、黒地に、銀のふちどりをつけたマントが鞍上にひらりとなびいて、深い森のなかに消えてゆく目印となっている。

「さ、もうこのへんまでくれば、どれだけ怒鳴ったって、きゃつらに聞こえる気遣いはねえだろう。いや、聞こえるかもしれねえけど、怒鳴らなければ平気だ」

　イシュトヴァーンはずるそうに云った。それから、まっこうからカメロンを見た。

「そんなに怒るなよ、カメロン」

2

「イ……」

　カメロンは、言葉を失った。

　が、ここでそんなことばに気圧されていてどうする、とまたおのれに喝を入れて、イシュトヴァーンをにらみ返す。イシュトヴァーンは肩をすくめて、馬からするりと飛び降りた。

「ま、ゆっくり話そうぜ。俺は糧食は持ってこなかったけど、まだ腹は減ってねえから大丈夫だろう。あんたは、腹は減ってるのか、カメロン」

「腹なんかどうだっていい」

　さしものカメロンも、腹立ちのあまり、いったん丁重な言葉遣いにしているゆとりはなかった。

「どういうことなんだ。どうして、こんな――こんな暴挙に……俺にひとことも何も云わないで」

「ああ、悪かったよ、悪かったよ、カメロン」

しれっとして、イシュトヴァーンが云う。いかにも、おのれの魅力に自信をもち、相手がおのれにどうしても勝てるわけはない、と確信しているかのような、悪びれたところのない、だがいかにもあつかましげな笑顔だった。カメロンはまたかっとなった。

「悪かったというような問題じゃないだろうが。大体、お前は、おのれがいま現在どういう立場にあるかをまったく考えもせず、こんな軽挙妄動をして、ゴーラ王の立場というものは——また、宰相である俺の立場は……」

「俺は、みんなに、これはもうカメロン宰相はよくご存じのことだ、といって出かけたんだぜ」

イシュトヴァーンはずるそうに云った。

「だから、あんたが騒ぎたてて何もかもオシャカにしちまわなければ、べつだん、宰相様の立場なんか、全然壊れやしねえと俺は思うんだけどな。むしろ、俺は、それが心配だったよ。あんたがヘタに騒いで、折角の俺の心遣いを無にしちまうんじゃねえかって」

「そういう——そういう問題じゃないだろうッ」

また、怒りのあまり、さしものカメロンも、目の前でけろりとしている無法者の首を締め上げたくなった。

「こんなことをしでかすんだったら、俺がこうしてゴーラの宰相をしている意味なんかまったくない。俺はもう、手を引かせてもらうしかない。ゴーラから――いや、イシュト、お前自身からだ！」

「そんなに、怒るなよ。カメロン」

イシュトヴァーンは、困ったように――思ったよりもおのれのいたずらで大きな被害を引き起こしたとやっと悟ったいたずらっ子のような表情で唇をとがらせた。

「そんなに、俺が何も云わずに出かけちまったことが悪かったんだったら、あやまるからさ。だから、そう怒るなよ。……だって、云ったら、反対するだろ？　でもって、行くなとか――いまは時期が悪いとか、いろいろいうだろ？　だからさ、俺は――俺はどうあってもパロに行きたかったんだ」

「そういう……問題じゃないんだ。イシュト」

カメロンは、はからずも、からだじゅうの力の抜けてゆくかのような感覚にとらえられて、その場にへたりこんでしまいたくなった。所詮、イシュトヴァーンにはかなわないのか、という苦い思いと、所詮、この男には何をいっても通じないのだろうか、というさらに苦い思いが交錯する。

「俺が怒るとか……そういう問題じゃないことが、どうしてわからないんだ。――お前は、もう、一介の傭兵でもなければ……ただの将軍でさえないんだ。お前はゴーラの国王なんだぞ！　どうして、そのことがわからないんだ。いや、わかってくれようとしないんだ？　俺はそれが……」

「わかってるよ、そんなことは」

イシュトヴァーンは、機嫌を損じた愛人をたらしこもうとしている若い娘のような、いささかうわついた目つきでカメロンを見上げた。

「国王だからさ、だから、俺のやりたいようにしていいんだろ。俺が作りたかったのは、俺がやりたいように出来る、そういう国であってさ。そんな、パロだのユラニアだの古い国みてえに、ちまちましたおきてだの昔からの約束ごとだのに縛られた、鬱陶しい国じゃあねえんだ。俺が王様でいるからには、その国のなかじゃ、俺が一番自由で——でもって一番好き勝手が出来るんでなきゃ、しょうがねえじゃねえか。そうでなきゃ、王様になった意味なんか、ねえだろう」

「それは……それはだが、国家でもなんでもない。王でもなんでもなくて、ただの無法者の……山賊の集まりでしかないじゃないか！」

カメロンは、なんとなく、我にもあらず泣き出したいような心持にさえなっていた。

（どうして、わかってくれないのだろう。どうして……）

言葉にすれば、それであっただろう。地団駄を踏みたいようなもどかしさ——いっそ、イシュトヴァーンにむしゃぶりついてゆさぶってやりたいような気持がある。

「お前は、そういう……無法者の集団みたいな国家とは名ばかりの国の王になりたかったわけじゃないだろう！　お前は、現にいまはれっきとした——長い歴史をもつゴーラという国の……」

「昔のゴーラは俺のゴーラじゃねえ。あれは俺とは何の関係もねえ国なんだ」

強情に、イシュトヴァーンは言い張った。

「だから、俺はゴーラ皇帝になんか、ちっともなりたくもねえ。ただ、ゴーラっていったら、通りがいいし、みんな納得するから、しょうがねえからその言葉は使ってるが、本当をいったら、イシュタールみたいに——イシュトヴァーン・パレスみたいに、『イシュトヴァーンの帝国』っていうことがひと目でわかるような国名があったら、それにかえてやりてえと思ってるくらいだ。なんてのがいいかな……『イシュトヴァーナ』とか、『イシュトヴァニス』とか……」

「何をいってるんだ。そんなのんきな話をしている場合じゃないだろう」

カメロンは思わずまた声を張り上げそうになり、かろうじて自制した。かなり森かげにきたとはいえ、まだ、大声をあげれば街道で待っているものたちに届いてしまうだろう。このようなところで、ゴーラ王と宰相がもめている、などという現場を見られるのは、カメロンにしてみれば、まさしく体面にかかわる問題だった。しかもそれが、宰相たるおのれが無視され、王が勝手にとんでもない目的の遠征に出ていってしまった、などという話であってみればだ。まさしく、それはカメロンにしてみれば、ゴーラという国がまったく、国家として機能していない、とおおっぴらに認めてしまうことに等しい。

「だが、あんたは、反対なんだろ？　俺が、パロにゆく話にはさ」

今度は、だが、イシュトヴァーンのほうから、いつまでこうしていても埒があかぬ、と思ったらしく、カメロンに話を振ってきた。

「反対——というか、いまはまったく、そんな場合じゃないだろう……」

「どういう場合だよ？」

「パロの女王を落として——だとか、ましてやパロの女王がもしも万一、なびかなかった場合には実力行使に出るとか……そんなような場合じゃない。ケイロニアとの交渉だってそんなことがあれば一瞬にして破裂する。それだけじゃない——お前は大怪我をしてモンゴールから帰ってきたばかりじゃないか。やっと落ち着いて、ゴーラの国造りを、基礎固めをしなくてはいけない時期に、またしても、こんな……」

「そんなの、俺にはどうしても興味が持てねえんだもの」

イシュトヴァーンは唇をとがらせ、頬を駄々っ子のようにふくらませた。

「基礎固めだの、国作りだの——そんなものは、あんたがやってくれりゃいいじゃねえか。なんか、結局はそんなのって、片付け物みてえなもんだろ？　俺はもとから、片付け物とかってどうにも性にあわなかったんだ。俺は——俺はやっぱり、どんどん先に進んで、欲しいものをどんどんつかみとり、奪いとってゆくほうが性にあってるよ。だからこそ、あんたがいるんだろ？　あんたにまかせるよ――前にもそういったじゃねえか。ゴーラはあんたにまかせるよ。欲しかったら、大公にでもなんにでもしてやるからって……」

「俺はそんなものを欲しくてお前のためにヴァラキアを捨てたんじゃない」

押し殺すような声だった。

その声に秘められた苦しげな、あまりにも苦悶にみちた響きをきいて、さすがにイシュトヴァーンも黙った。そして、にらむようにカメロンを見つめる。

カメロンは、荒々しく唇をかみしめ、両手を握り締めて、こみあげてくる激情を必死にこらえた。ようやく、普通に口がきけるようになってから、押し出すように、しぼり出すように云った。

「そんなこともわからずに、お前は、俺をゴーラの宰相にしたのか。俺が地位や――ゴーラの大公だの、そんな……権勢が欲しさに、お前のそばにいると、そうとしかお前は思ってなかったのか。こないだもお前は、俺にモンゴール大公にしてやろうと云った。――もう、お前にとっては、もう、そのようにしか考えられなくなってしまったのか。俺がなんで、ヴァラキアを――愛するふるさとを捨て、俺の――何よりも愛している海をさえ捨ててきたのか、それさえももうお前にはわからんようになってしまったのか。

俺が——何を、なぜ怒っているのか、それもだんだんわからんようになってしまったのか」

激情のつきあげるままに、カメロンは、おのれの拳でおのれの掌を打ち付けた。そのまま、胸から、服の衿にとめてあった、ゴーラの紋章をかたどったピンをむしりとった。それを、地面に叩きつける。

「お前がそのようにしか考えられぬなら——俺がこうしてここに——ゴーラにきたことはすべて無駄だったんだ。これまでしてきたこともすべて無駄だったことになる。そうは思いたくない。お前がもう、そこまで何もわからぬ人間になってしまったんだなどとどうして思いたいと思う。それは……それこそ、俺の一生かけた思いをすべてくつがえしてしまうようなことじゃないか。——だが、俺は……もしもお前が、本当に——俺が恩賞めあて、報酬めあてでお前にくっついてきただけの、ほかのうぞうむぞうと同じ私利私欲で動く人間なんだと思っているのだったら、もうここにはいられない。もう一日たりともゴーラにはとどまらん。俺は——出てゆく。俺はヴァラキアに——いや、ヴァラキアにはもう帰れない。俺は……ドライドン騎士団の者達だけ連れて、海へ戻ってゆく」

「カメロン——カメロン」

イシュトヴァーンは、しきりと、ことばをさしはさもうとしていたが、ようやくカメロンがことばを切ったので、あわてたように云った。

「何をそんなに怒ってるんだ。あんたは、誤解してるんだよ。俺の云ったことを誤解してる。——さもなけりゃ、俺の云ってもいねえことを、頭のなかでこしらえて怒ってるんだ。——俺がいつ、そんなことを云ったよ？　俺があんたをいつ、私利私欲で動くほかのうぞうむぞうと同じように扱ったよ？　俺はいつだって——」

イシュトヴァーンはひどく意味ありげな目でカメロンを見つめた。

「いつだって、俺は——あんたにだけ……俺のことを、《イシュト》と呼んでくれ、といってたじゃないか。そのこともう、忘れちまったのか？　しばらく、ほっとかれて、イシュタールで留守番ばかしで、イヤになっちまったんだろう？　でもってまた俺がしばらく、イシュタールをほっといて、ゴーラをほったらかして、いやなことを全部あんたに押しつける、と思って——それで怒ってるんだろう？　いいじゃねえか、そうしたら、せっかくここまできたんだ。一緒にパロへ行こうぜ。そうして、俺と一緒に《国盗り》をしようじゃねえか。俺は本当は、ずっとそうしたかったんだぜ。そうしたほうがずっと楽しいし、それに……」

「馬鹿をいうんじゃない」

思わず、そのイシュトヴァーンのことばに、心ならずもほだされて、カメロンの語調はやわらいだ。

「俺とお前が一緒にパロへいっちまったりしたら——いったい、誰が、ゴーラの面倒を見るんだ?」

「見なけりゃいいじゃねえか」

イシュトヴァーンは陽気に云った。どうやら、おのれの使った武器が、的確にカメロンの弱点を射抜いたことを、すかさず見抜いたようだった。

「そんなもの、見るの、やめちまえよ。あんたは本当はヴァラキアの海軍総督だってどうだっていいんだろ。本当はあんたはただの——いまだってただのオルニウス号の船長であって……本当は、こんな、イシュタールなんかに縛りつけられて机仕事なんかさせられてるのが、俺同様、まったく気性にあわねえんだろ。だから、あんたはずっと、イシュタールで留守番してることに鬱屈してたんだろ。いいとも、もう、ゴーラなんかやめちまおうぜ。二人して、一緒にゴーラなんかうっちゃっちまおう。でもって、もっと新しい、もっと自由な、もっといい国をどっかに建てるんだ。そこでこそ、本当に自由で、本当にやりたいことだけしていられるような、な。——なあ、俺と一緒に国盗りしてたあいだは、あんたはそりゃ幸せそうだったたし、俺もあんたと一緒で幸せだったんだぜ。そりゃ、俺だって、ウー・リーだの、ヤン・インだの、あんな若造どもばかりをお取り巻きに連れて戦争にゆくよりか、あんたと一緒がいいに決まってる。だけど、あんたが、ゴーラを誰が面倒見るんだっていうからさ——しょうことなしに、俺はあんたを残してあっちこっちへ遠征してたんだからさ。——だけど、もうそんなの、やめちまおうぜ。もう、ゴーラはゴーラで、なるようになるだろう。ならなけりゃ、それまでのことなんだし。とにかく、もう、イシュタールも作ったし、王様になれるんだってことも証明したんだから、俺はそれでまったく満足だよ。いいじゃねえか、一緒にパロへゆこうぜ。でもって、俺と一緒に国盗りをしようぜ……もう、ゴーラ王はやめちまって、今度こそ、パロ王になるんだ。そのほうがどれだけか面白いぜ！」

「イ――イシュト……」

カメロンは、いささか煙にまかれたていになった。

困惑した、だがいくぶん、確実に魅了された目で、カメロンはイシュトヴァーンを見つめた。どれほど云っていることは無茶苦茶であっても、それを口にしているイシュトヴァーンの虹のような気概が立ちのぼる表情、生き生きと輝いている瞳――そして、やんちゃな、いかにも駄々っ子然とした、だが魅力的な様子などに、カメロンの心は激しく揺さぶられたのだ。

「お前は、また、そういう無茶苦茶をいう……」

カメロンのことばも声も、いくぶん弱々しくなっていた。

イシュトヴァーンは陽気に片目をつぶってみせた。おのれの言葉が、的確にカメロンの心をやわらげたことを、ちゃんと見抜いて、おのれに満足しているようすだった。

「そうとも、俺が無茶苦茶だってことくらい、あんたは一番よく知ってるだろ。いいじゃねえか、本当にもう、ゴーラに執着する理由なんかねえだろう。ゴーラはゴーラで、俺とあんたがいなくてもやってくよ。俺は、べつだん特にゴーラに執着はねえ。むしろ、あのイシュタールをちゃんと作り上げたことで、もう、ゴーラではやるだけのことはやった、って感じがしてるくらいだ。あとは特に、ゴーラにもイシュタールにも、アルセイスにも何の愛着もねえし……なんていったら、ゴーラ王としちゃ、悪いのかな。だけど、だからさ。俺は、ゴーラという国を、《国盗り》をして、それからそれを『俺の国』に作り上げるのが面白かったんであって、それだけのことなんだよ。だから、もう、それがある程度でも格好がついたからには、もうゴーラはどうだっていいんだ。今度は、俺は……俺は、リンダを俺の妻にして、パロを『俺の国』にしてやりたい。それを手伝ってくれるんだったら、俺はいつでもあんたと一緒にいる。どうだい、面白いじゃねえか。俺たちにとっちゃ、本当は大事なのはそういうことじゃねえのか。いま、面白い、ってことだけなんじゃねえのか。だって俺たちは——俺もあんたも、いうならば……冒険者なんだぜ。そうだ、冒険児——つまんねえ国作りなんか、役人どもにまかせておけばいい。役人どもと商人どもだけのほうが、どれだけか、てめえの私利私欲がらみで、ゴーラをちゃんと運営してってくれるだろうぜ。なんだったら、俺たちは名のみ貸してやって、いざとなったら俺たちの軍隊がちゃんとゴーラを守ってやるってことで、だからちゃんとこっちに金をおさめてろよ、っていうだけでいいじゃねえか。俺は、本当をいうと、もともと国なんてものは、そんなもんじゃねえのかと思ってたよ。――だのに、いざはじめてみたら、ずいぶんとしち面倒くさいもんだから、ちょっとたまげてたとこだ」

「それは……それは、なかなか、魅力的な話ではあるかもしれないが……しかし――」

ついに、カメロンは、苦笑いではあったが、笑顔を浮かべざるを得なかった。

イシュトヴァーンの、久々にそれと味わう《若さ》と、そして無鉄砲さ、乱暴であまりにも世間というものを知らなさすぎる、とカメロンには思えるけれども、それだけにいっそう魅力的に思えるその自由さ――

ひさしく、接していなかった、そうしたものがいちどきにカメロンの心におしよせてきて、そして激しくカメロンの心を打ったのだ。

「俺も――俺もずっと、本当をいうと、お前と一緒に、戦いに出かけたかったのかもしれないな……」

「そうだろ？　な、そうだろ、カメロン？」

我が意を得た、というように、イシュトヴァーンは身を乗り出した。そして、カメロンの手をつかみしめまでした。

「俺ははなっから、すまねえなとは思ってたよ。あんただって、本当をいったら、こんな、机仕事に縛りつけられてそれを楽しいと思うような、役人根性なんざまったくこれっぽっちも持ってねえんだ。だけど、あいにくとあんたは何をやらせても有能でさ。だもんだから、俺も、ほかのもんもついつい頼っちまうんだけど、でも本当は、俺は知ってるぜ——あんたに国をまかせて戦争に俺ひとり出かけてゆくよりか、あんたと一緒に戦ってるほうが——肩をならべ、馬をならべ、船をならべて戦うほうが、どれだけ楽しいかしれやしねえ。——そうだろう。あんたも俺も、そういうふうに出来てんだ。戦場でだけ、生き甲斐を感じるようにな。平和なときや、なんでもねえときだと、生き甲斐どころか、なんだかいのちまでもしぼんで、しおれちまう。そんなふうに、作られてるんだと思うよ、俺は」

「俺はそんな——そんな戦争屋だったこたあねえぞ」

カメロンは抗議した。

「俺は、いつだって、ただの船乗りで、確かに必要とあれば海戦はしたけれども、実際には、陸上でのいくさなんざ、経験もねえし、ましてや政治だの、国をおさめるなんてこたあ、本当に性にあわねえからこそ、ロータス公にヴァラキア宰相になってくれと頼まれても何回も何回もお断り申し上げてたんだ。俺は——お前だから、しょうことなしにゴーラの宰相なんてものになったものの……外交はそれほど嫌いってわけじゃねえが、こまごまとした政治だの、司政だのってのは、本当に好きじゃなくて……」

「だから、一緒にゆこうぜ。ゴーラなんざ——イシュタールなんざ、うっちゃって」

イシュトヴァーンは荒々しく、だが弾けるように笑いながら叫んだ。

「ちょうどこうやって追っかけてきてくれたんだからさ。いますぐ、このまんま、パロへいっちまおうぜ。そりゃ、イシュタールじゃ大変な騒ぎになるかもしれねえが、ちょっと待ってろ、みんなで適当にやってろって伝令を飛ばしとけばいい。でもって、俺の、パロの国盗りを手伝えよ。——今度の国盗りは大がかりだぜ。なんたって、俺は、なんとかしてケイロニアの目をかすめて、ケイロニアとは、とりあえず当分はいくさにならねえように気を付けながら、うめえこと平和裡にパロの国を盗みとってやろうと——そんなふうに考えてるんだからな。そのほうが、戦争で荒っぽく、切り取り強盗みたいに力づくで国を征服するより、ずっと知恵もいるし、根性も、また勇気もいると思わねえか。俺も、だんだん、そのことに気が付いてきたよ。だから、今度は、俺の魅力と——でもって、俺の知恵とたくらみとでもって、パロを俺のものにしてやろうと思ってるんだ。パロが、俺のものにされて感謝するようにさ。——そのためには、あんたがきてくれりゃあ、あんたは外交の腕前はたいしたものなんだし、俺だって、とてもとても助かるんだ」

「………」

カメロンは、くちびるをかみしめて考えこんだ。

イシュトヴァーンのことばを聞いていれば、いかにもすべては簡単そうにも聞こえるし、また、それなりに、イシュトヴァーンには勝算があるのだろうな、ということもわかる。だが、カメロンの常識や、これまでの経験で考えるならば、そんなことはとうていい、とてつもない、まったく実現不可能なことにしか思われない。

だが、イシュトヴァーンは、不思議な力によって、それらの夢想、とてつもなく、まったく実現不可能に思われる夢をすべて、いままでのところ、現実にかえてきたのだ——

そう、カメロンは思った。

（そうだ。それが、こいつの、一番すごいところだったかもしれない。——最初は本当に一介の傭兵——いや、ただの、チチアの不幸な生まれの私生児、父の顔も知らぬ、娼婦の私生児であったものが、戦場稼ぎだの、博奕打ちの情けにすがったり、娼婦たちにかろうじて育てられたりして大きくなり——そして傭兵として……さまざまな冒険のはてに、ついにモンゴールの女大公をたぶらかして——と云ったら言葉は悪いが、とにかく、単身、自由国境の盗賊団の首領の身から、モンゴール大公の夫に——そしてついにゴーラ王にまでのしあがったのだから……）

（こいつの夢にも——そして、夢を本当にしてゆく、驚くべき能力にも、俺は魅せられていた……それが目当てで、それによっておのれもいい思いが出来るだろうなどと考えてこいつについていったわけじゃない。——逆だ。俺は、こいつの夢を助けてやりたかったんだ……）

ふいに、目のまわるような思いで、カメロンは思った。それは、一瞬にして、激しい時の渦巻きにでも、巻き込まれるような、郷愁にも似た感慨だった。

（そうだ、俺は——いつだって、こいつを助けてやりたかった——何回も助けもした。いのちの危いところからも……また、こいつの出来ないことをしてやったり——そうやって、俺はどんどんこいつに深入りし、こいつに溺れていったんだ……）

「なあ、カメロン」

イシュトヴァーンは、カメロンがもう、八割がた、おのれのことばにゆさぶられている、と踏んだのだろう。さらに陽気に言葉をついだ。

「俺と一緒にゆこうぜ。パロへゆこう——でもって、国盗りをするんだ。面白えぜ！——こんな面白い冒険はほかにありゃしねえ。俺はいつだって、国盗りの過程、それだけが面白かったんだ。盗っちまった国になんか、もう何の興味もありゃしねえんだ。それが、俺だ——それが、ヴァラキアのイシュトヴァーンなんだ！」

3

「お前は――」

我知らず、カメロンの声はいくぶんしんみりしたものになっていた。

「いまだに、ヴァラキアのイシュトヴァーンなんだな。――いまになってもまだ、ゴーラ王イシュトヴァーンではなく、本性をいえば、まったく、チチアの王子だったり――ヴァラキア出身の傭兵イシュトヴァーン、赤い街道の盗賊団の首領イシュトヴァーンにすぎないんだな……」

「だって、そのほうがよっぽど面白えじゃねえか！」

イシュトヴァーンはさらに陽気に云った。

「俺は、とにかく、人生なんて、面白ければいいんだ、って思うことにしたんだ。――じっさい、モンゴールの内乱で俺は落ち込んだよ。だってさ、そうだろう。みんなが――モンゴールの連中みんなが、俺に襲いかかってきたり、反乱をおこしたり、俺が悪いっていったり、すべては俺のせいだっていったりさ。俺はそんなふうに云われる何をしたんだと思ったよ。それにさ——みんな、俺の暗殺計画なんかたくらみやがって、いったいほんとに、俺が何を悪いことしたんだ、と思うだろう。——アムネリスが自害したって、そんなの、俺がやらせたことでもなんでもありゃしねえじゃねえか。俺は知らねえよ——第一、そのときにゃ、俺はイシュタールにいさえしなかったんじゃねえか。いもしねえときに勝手にやったことを、俺のせいだっていって怒られたってさ……」

「それは……それはちょっと違うと思うが……」

「何が違うんだよ。アムネリスのやつは、要するに、俺のガキをはらんで、生んだのが、死ぬほどいやだったんだろ。だから、ガキを産み落として、それが体面にかかわるってんで、自分で胸を突いちまったんだろ。——俺は一回だって、やつに、死ね！　なんて云ったことたあねえぜ。自害しろだの——みんな、やつが一人で勝手に決めて、勝手にやらかしたことだろ。そうじゃねえか」

「それは、そうだが、しかし……」

「だけど俺だって、まあモンゴールの連中がわいわい云うのも多少はしょうがねえのかなと同情してやったから、これだけ譲って、マルスを監視付きでも釈放にしてやったし、ドリアン小僧をモンゴール大公にもしてやったし——なんだって、モンゴールの連中にじょ——じょう——譲歩してやってきただろうが。これだけ、きゃつらの——反乱軍のいうことを聞いてやる支配者なんて、いねえよなって、俺は自分で、自分が偉いと思ったぜ。――だのに、まだやつらがぶうぶう云うんだったら、そりゃもう、きゃつらのとんだお門違いってもんだ」

「まあ、いまのところはモンゴールの連中がそうぶうぶう云っている、ということもないとは思うが……」

「そう、だから、結局、やつらだって、俺のしたことを認めたわけだろ。俺がした手に出て、ドリアンをモンゴール大公にして、マルスをその後見人にしてやって、モンゴール大公国は存続させてやる、ということにしたから、きゃつらだって、それで満足したわけだろ。――だから、まあ、結局、いろいろあったにせよ――暗殺計画をさんざんたてられたにせよ、俺はうまくやったんだ。むろん、あんたのおかげもたくさんあったけどさ、カメロン」

「そんな、お世辞なんか云う必要はねえさ」

「お世辞じゃねえよ」

イシュトヴァーンはずるそうにカメロンを見上げながら笑った。

「俺は、正直、やっぱり動転してたし、本当のことといって、あったまにきてたからな。だから、あんたの言葉もきかずに、いきなりおのれが何がなんでも内乱をおさえてやるって、そう思ってモンゴールへ飛び出していっちまったんだ。ほんとにあのときには、俺は頭にきてたからな。いったいなんで俺にさからうんだ。俺が何をしたってんだ。目にものみせてやる——あんときゃ、俺は本気でそう思ってたよ」

「ウーム……」

「だけど、結局はあんたのいうことを聞いておけばよかったのかもしれない。最初っから、あんたのいうことに耳をかたむけてりゃ、もうちょっと早いこと、こんな大怪我なんか負うこともなしに、モンゴールはおさまったかもしれねえんだもんな。——だから、俺は、懲りたよ。やっぱり、俺には、軍師としてのあんたが必要なんだ、カメロン。そうだろう」

「うう……」

「軍師っていうか——俺には、俺の面倒を見てくれるやつが必要なんだ。でねえと俺はすぐに暴走しちまうし——だけど、俺は暴走が好きだし、気持がいいと思うんだよ。やってる最中にはそれが暴走だっていくら云われてもわからねえしさ。だから、あんたがいつもそばにいて、俺の面倒をみてくれて、俺の話し相手になってくれて——俺の……なんていうのかな、俺が行き過ぎをしねえように手綱をひいてくれりゃ……それが一番いいんだ。俺にとっても、あんたにとっても」

「それは……そうだと思うが……だが……」

（それを、いやがって俺からはなれよう、はなれようとしてたのは、お前のほうじゃないか、イシュト）

カメロンはその言葉を飲み込んだ。こうなってみると、そう言い立ててみたところで、いかにもそれは痴話喧嘩でいつまでも拗ねて同じくりごとを繰り返している女のようになさけなく思われた。

（まったく……俺は、こいつに丸め込まれようとしてるんじゃないか……だが、しかも、始末におえないことに――俺は、たぶん、こいつに丸めこまれたがっているんだ……）

カメロンは、いささかうらめしく、イシュトヴァーンの陽気な顔をにらんだ。

相変わらず、綺麗な顔だ、とは思う。自慢の顔に何回か、あとが残るような傷も負ってしまったし、確かに以前の少年らしい、初々しい美貌はもう失われて、かなりけんも出てきたし、年も応分にとってきたとは思う。

（そりゃあそうだ――こいつだって、もういずれ遠からず三十になろうというんだからな。……おお、なんてこった。イシュトが三十歳！――なんだか、いまだに、俺にとっちゃ、最初に出会った十一歳――はあんまりでも、十五、六歳のあのチチアの不良王子のままにしか思えないんだが……）

そう思う、おのれの上にも平等に時は流れ過ぎているのだ。少年であったイシュトヴァーンを青年、と呼ぶにも少しためらう年齢にした歳月はまた、男盛りであったカメロンを、いささか分別くさい初老の男に変えた。

だが、まだ本当に老いてはいない――と思う。まだ、そこまでは年月はたっていない。

まだ、いまでも、愚かしい情熱に身をこがすことも、また若者の無分別な夢に心を微妙に揺さぶられることも可能な年齢だ、とは思う。もしかしたら、そうしたことが可能な、最後の年齢にさしかかっているかもしれないが、それでもまだ、そうであることには違いはない。

「なあ、カメロン。一緒に行こうぜ。パロへ」

ほぼ、カメロンの気持を動かすことが出来た、と確信したに違いない。

イシュトヴァーンが、最後の一押し、といったようすでことばをかけてきた。

「ゴーラのことは、どうとでもなるし、どうとでもしたらいいんだ。奴等だけでやってゆくことを覚えりゃ、ちゃんと奴等だけでやってくさ。あんたがいるから、奴等もみんなついついあんたに頼っちまうんだ。――だけど、あんたがいなけりゃ、どうにもならねえからな」

「それは、そうかもしれないが、しかし……」

「あんたがいったんイシュタールに戻って準備を整えて――なんて言い出したら、面倒なことになるのはわかってんだ。あんたが、俺と一緒にクリスタルへ行くなんて言い出そうもんなら、そりゃ、イシュタールの役人どもや、残されたうぞうむぞうがわいわい騒いで、自分たちはどうなるんだってわめきたてるだろう。あんたはやさしいから、そんなことを云われちゃ、到底それをうっちゃらかしてクリスタルへ行くことは出来なくなっちまう。それも、俺にはよくわかってる」

「それは……まあ……」

「だから、いますぐ、俺があんたを拉致ってやる。——俺に強引に連れてゆかれちまったんだってことになりゃあ、あんたの責任じゃあねえんだ、しょうがねえだろ？　な、それが一番いい。折角追っかけてきてくれたんだ。このまんま、俺と一緒にパロへゆこう。——幸い、失礼していろいろと持ち出してきたから、予備はいろいろあるよ。入り用で、持ってねえものがあったら途中でいろいろ買いととのえればいいんだしさ。このあとまだ、ガザやダーハンを通るから、そこの市場だの商店ならそこそこのものがあるだろう」

「おい、イシュト」

なかば、すでにおのれがイシュトヴァーンに打ち負かされかけているのを感じながら、カメロンはなおも弱々しい抵抗をこころみた。

「そんなふうに俺を誘惑しないでくれ。俺はそんなことをしようと思ってお前を追いかけてきたわけじゃないんだ。俺は、逆に、お前を説得して連れ戻ろうとだな……」

「わかってるさ。そんなこたあ」

イシュトヴァーンはすでに勝利を確信したものの自信をこめてにやりと笑った。

「だけど、俺はその、あんたの分別をぶっとばしてやりてえんだ。もともと、あんたはオルニウス号のカメロン船長なんだぜ。無鉄砲と無茶で知られたヴァラキアの船乗りじゃねえか。俺を乗せたまんま、南の海のクラーケン退治にいったときのことを、よもや忘れちゃいねえだろう」

「それは――そんなことを、忘れるはずもないが……」

「だったら、思い出せよ。あの南の海で、あんたはほんとに豪快で勇敢で素敵だったんだ。あのときの俺たちに戻ろうぜ――でもって、何もかも出直しにするんだ。ゴーラなんかもうどうでもいいよ……こいつは、親衛隊のゴーラ人どもにゃ云えねえけどな。俺は、もう、ゴーラにも、アルセイスにも、うんざりしたよ。イシュタールはまだそれほどでもねえが、それでもまあもう、あそこでやれるだけのことはやったし、あとは勝手にあの都市が自分でいいように発展してゆきゃあいいんだ。俺の名前のついた都市があるーーそれだけで、俺は満足だよ」

「だが、俺は、お前とは違う。俺は一応まがりなりにも分別のあるおとななんだ。というか、お前だって本当はもうとっくにそうなっていてしかるべきなんだし、それこそ俺はお前がそうなれるように監督すべき立場でもあるわけなんだし――それに、第一……」

「つまんねえ奴になるなよ、カメロン」

イシュトヴァーンはずるそうに云った。

「俺は、永遠におとななんかにならねえあんたが好きだったんだぜ。あんたはいつだって、本当はただのやんちゃ小僧の先輩だったんだ。だから、俺は、あんたが好きだったんだぜ、ほんとに」

「だが、俺は——ああ、そうだ……」

カメロンは突然に、思い出して口ごもった。

「それに、俺は……置いてゆくわけにはゆかないんだ。あの——あの可愛想なドリアン王子を……」

「俺のバカガキか？」

血も涙もなくイシュトヴァーンは云った。

「あんなの、ほっとけよ。いまはなんか、けっこういい乳母が見つかって、それなりに育ってるって、あんた、前に云ってたじゃねえか。だったら、それでもういいじゃねえか——ガキは、所詮、ガキだよ。まだまだ、安定した環境だの、落ち着ける場所だのが必要なんだろう、当分。ま、あと早くて十二、三年——たぶん十五年くらいは、そうやって、乳母のおっぱいをしゃぶってなくちゃならねえんだろう。俺が一本立ちしたのは、まあ、俺はてめえじゃ、最初に場を立てた十一歳のときか——ま、いろいろ世間を知ったのもそのころだしな。いろんなことを。大人になったのが、というか」

イシュトヴァーンは意味ありげにカメロンを見た。

「だからまあ、あと十年は、あのガキは乳母にまかせときゃいいんだろう。っていうか、そうとしかしようがねえんだろう。でもって、もし必要なら、モンゴールに連れてって、トーラスでモンゴール人どもに育てさせるさ。きゃつはモンゴール大公なんだからな、当人はまだ、おむつの中でほぎゃほぎゃ云ってるだけだろうけどな。俺は、きゃつがはじめて一人前の大人の男になって、俺に対等に会いにきたとき、はじめて、きゃつを俺のせがれだと認めてやるつもりでいるよ。それまでは、海のものとも山のものとも知れねえもの、まだまだ当分、乳母預けでいいじゃねえか。俺だって、親もなく、てめえ一人で勝手に育ったんだ。いやしくも俺の血をひくガキだというんだったら、そのくらい出来てしかるべきだよ」

「おい──イシュト……」

「そんな、可愛想な──それじゃ、何か、イシュト、お前はドリアンのことは、ちっとも可愛いとも、自分の血をわけた子供だとも、思えないっていうのか」

「そんなことはねえよ。なんか、でも、やつのことはまだちゃんと考えられねえ、って感じがするんだ。どうも、なんか、騙されてるみたいな気がしてさ。──というか、アムネリスのやつが、なんか、俺へのうらみで、意地づくではらみやがった、というような気がしてしょうがねえんだ」

「おい──それはあんまりな……」

「俺は、それよりいま、その、フロリーの生んだガキ、ってのに興味がある」

イシュトヴァーンは云った。それをきいて、カメロンは思わずはっと身をかたくした。

「イシュト……」

「フロリーそのものは、まあ、ただのおとなしい、根性なしの女だったけどな。だけど、なんだか、そのガキってのは、一度ぜひ見てみてえ、って気がするんだ。——いったいどんなもんをフロリーが生みやがったのか、ぜひ見てみてえな。でもって、もし、そのガキが、確かにこりゃあ俺の子だ、って確信できたら、俺は——もしかしたら、ドリアンよりか、ずっとそっちのガキのほうが可愛くなっちまうんじゃねえか、って気がしてしょうがねえんだ」

「……………」

カメロンは唇をかんだ。ひそかに、カメロンがずっと恐れていたのは、まさに、いまイシュトヴァーンが口にしたような、そういう事態だったのである。不幸なドリアンが、ますます不幸になり、ますます父親の愛情から——残された唯一の肉親である父の愛から切り離されてゆく、ということは、カメロンにはもはや耐え難い苦痛だった。

「そのガキもフロリーもパロにいるんだろ。なんか、そんなようなこと、あんた云ってたじゃねえか。グインと一緒にパロに向かったとかさあ。だから、まあ、グインはケイロニアに帰ったにせよ、フロリーとそのガキがまだパロにいるかもしれねえんだったら、俺はぜひとも、パロにいってそのガキと対面してみてえと思うよ。そうして、もし気に入ったら、ちゃんとフロリーともども、引き取って面倒見てやろうじゃねえか。もっとも、もう、フロリーとよりを戻す気はねえよ。ってか、俺はもともと、フロリーと恋に落ちただの、惚れたはれたじゃあなかったんだからな。ありゃあ、フロリーには悪いが、ただの出来心だったんだ。——だけど、それが、そうやって俺にもうひとりの自分のガキを贈ってくれることになった、ってんだったら、こんなヤーンのはからいもまんざらでもねえ。——俺はそれもあってパロにどうしてもゆきたかったんだ。もっとも、リンダには、この話は、なるべく秘密にしとかなきゃいけねえだろうな。でねえと、リンダが、あたしというものがありながらってかんすけに怒るだろうし。そういうことについちゃ、あの女、けっこうやきもちやきだし、けっこうキツいし——それは、俺は、あの草原で、何回もよう く知ってんだ。あいつにあの草原のことさえ思い出させてやりゃあ——」

イシュトヴァーンはなんとなく、遠くを見るような目つきになった。

「それだけで、あいつは、きっと思い出してくれるさ。あのとき、どんなに俺たちが愛し合っていたか——初恋のすべての激しさと一途さをこめて。そうして、それを思い出してくれさえしたら、俺は……」

「………」

「きっと俺はまた、アムネリスなんかとは比べ物にならねえくらい深く、リンダを愛せると思う——そういう気がするんだ。だって、俺は、あんなにリンダっ娘《こ》が好きだったんだからな。——ああ、そうさ。俺はいつだって、あいつのことをそう呼んでた、リンダっ娘《こ》、ってな。そいつがいまやパロの聖女王様で、そうしてあのときの《紅の傭兵》だった俺も、いまじゃゴーラの王様だ。まったく、ヤーンてのは、不思議なことをなさるものさ。まったく」

「ああ……」

それについてだけは、ほかのイシュトヴァーンの感慨についてはどのような感想を持ったにせよ、カメロンも少しも反対するつもりはなかった。

それどころか、やはり、「ヤーンのなさることはなんと不思議なのだろう」という感慨こそが、さきほどから、深くカメロンをとらえてはなさなかったのだ。イシュトヴァーンが感じるよりも、さらにカメロンのその思いのほうが深かったかもしれない。

(だが……)

さらに、イシュトヴァーンには告げておらぬこともある。

すでに、フロリーとスーティとが、パロにはいない、ということだ。フロリー親子は、パロに迷惑がかかるのをおそれて、もはやクリスタルを出立し、ミロク教徒の町ヤガへと向かって旅立ったという。それを追跡し、ひそかにおのれの手中におさめるために、すでにカメロンはおのれの右腕ブランに百人の精鋭を率いてヤガへと出発させている。ブランたちも、すでにヤガへの途上にあるはずだ。

フロリーが恐れた「パロへの迷惑」とは、まさしく、このように、イシュトヴァーンがフロリー親子と会うためにクリスタルに向かってくる、というような事態だったはずだ――そう思うと、カメロンは、思わず皮肉な笑いを懸命にこらえずにはいられなかった。

「だけど、そんなことはもうどうだっていいや。とにかく、あんた、俺と一緒にくるだろ、カメロン。ドリアンのことはもうどうでもいいよ――いや、あんたが気になるんだったら、使いでも出して、乳母にしっかり面倒みとけって云ってやったらいいだろうが、俺は、とにかく、いざとなったらゴーラ王として宰相のあんたに命令するかもしれねぇぜ。カメロン宰相は、ゴーラ王イシュトヴァーンの参謀として、ともどもパロに向かうべし、ってな。そんな野暮をするかわりに、また、昔のカメロン船長と、チチアの王子イシュトヴァーンに戻って、みんなで楽しくパロを目指そうぜ。なあ」

「そ、それは……」

カメロンは、困惑した。

むろん、心のなかでは、すべての理性の声が、「そんな、ばかげたことはありえない！」と叫んでいる。カメロンはゴーラ宰相であり、実質的にゴーラのすべての政治をつかさどっていもすれば、実際の実権はすべてカメロンの上にある。イシュトヴァーンは軍部については完璧におのれが掌握していないと気が済まなかったが、ほかのことはすべてどうだっていい、という態度であったから、どんどん、そのイシュトヴァーンの留守のあいだに、もろもろの決定権、実権はカメロンのもとに集まってきてしまっている。本当をいえば、もしもカメロンが、クーデターを起こそうとひそかに思いさえしたら、たとえイシュトヴァーンが軍部をすべて握っていたとしても、かなりの確率で、カメロンはゴーラを数日で完璧におのれのものに出来るはずだ。イシュトヴァーンが掌握している軍のなかでも、実際には、イシュトヴァーンが直接訓練した親衛隊、ルアー騎士団などの精鋭以外のものは、旧ユラニアの出身で、めったに会うことのないイシュトヴァーンよりも、さまざまな場面で指揮を執っているカメロンのほうを信頼しているものも多いはずなのだから。

だがむろんカメロンには、そんなクーデターなどを引き起こすつもりはまったくなかった。この上面倒を背負いこむなど、こちらからごめんだ、という思いもある。むしろ、カメロンにとっては、またまたイシュトヴァーンがどうあってもクリスタルにいってしまうというのだったら、その間に、もっとゴーラの足場をしっかりとかためて、なんとかケイロニアとの外交交渉をまとめて、ケイロニアに、ゴーラとの対等なつきあいをはじめてほしい、とか、まだまだあまりに不安定なゴーラの経済をなんとかしなくてはならない、とか、そういった課題が死ぬほど残っている。

そうでありながら、イシュトヴァーンの突拍子もない申し出は、カメロンにはひどく魅力的であった。だから、困るのだ。

（俺は……もしかして、ゴーラの宰相なんぞをやらされてるうちに、ずいぶんと分別くさい、じじむさい考え方をしか、しないようになってたのかもしれねえな……）

以前の、それこそカメロン船長であった自分だったら、単身、剣をとって冒険の旅に飛び出してゆく、などということこそ、この上もない、快男児の生き方、とも思ってい たはずだ。また、イシュトヴァーンにひかれたのとても、誰ひとりうしろだてもなく、たったひとり親がわりになってくれた博奕打ちのコルドさえも死んでしまったあと、敢然としておのれの信じるままに突っ走り、「いつか、王になる――」あてどもない夢を見ながら、その夢にむかって無鉄砲に突き進んでゆくその勇敢なすがた、無茶苦茶で、とてつもない、とうてい分別とは縁のありそうもないそのすがたに魅了されたからだったはずだ、とも思う。

（そうか……もう、ゴーラなんか、うっちゃっちまうか。――宰相なんざ、やめちまって……俺も、イシュトと一緒に……）

このまま、冒険の果てしない旅へ出てしまったら、人生は、どれほど変わってゆくだろうか。

ドライドン騎士団はあとから呼び寄せればいい。ワン・エンがついてきているから、それに戻ってもらって、ひそかにすべてのドライドン騎士団にイシュトヴァーン軍と合流するようにさせれば、あとはもう、ゴーラには、心残りもなければ、未練とてもない。

(それも、いいか……)

ふっと、カメロンは、イシュトヴァーンともども切り抜けてきた、数々の冒険のことを思い出していた。

南の海で、クラーケンと戦ったあの忘れがたい冒険。——そしてまた、そのあとの、南の島々での、短いけれども忘れがたかった冒険の数々。それに、モンゴールにやってきて、イシュトヴァーンの右腕となり、ヴァラキアをなげうってからの、数々の戦いや、困難や、さまざまな冒険のこと。

(そうか。俺は……)

ヴァラキアを捨て去ったとき、何かとても大事なものを振り捨てた心のいたみとともに、ついに完全な自由を得て天空高く舞い上がる、鎖を断ち切った鷲のようなすさまじいまでの昂揚感を覚えていたことを、カメロンは、胸のいたむような思いで考えていた。

4

（そうだ――俺は、イシュトのために、すでに一回、何もかも捨てていたんだ……）

だったら、もう一度、何もかも捨てることが、出来ないわけがあろうか、と思う。

まして、ヴァラキアは、カメロンが忠誠を誓い、まがりなりにも本気で剣を捧げた生まれ故郷であった。ロータス・トレヴァーン公も、おのれの親友と思っていたし、当然、一生、ヴァラキアの海軍総督として、ヴァラキアに尽くすつもりでいたのだ。

それが、一介の――いや、そのときにはもうすでにモンゴールの将軍になってはいたにせよ、所詮ひとりの惚れたあいてのために、故国を捨て、地位をすて、それまでに築いてきたすべての人間関係を、おのれについてきてくれる者たち以外はすべて振り捨て、持てるすべてのものをヴァラキアに置いてきた。それが出来る、ということ――おのれが、愛する者のためにすべてを賭けられる、ということが、あのとき、確かに、カメロンにとっては無上の誇りであり、自負であり、そしてイシュトヴァーンへの愛情のあかしであったはずだ。

（それに比べたら、ゴーラなんか……）

それは所詮、あとからイシュトヴァーンが乗っ取って強引に建設した、ままごとのような国家だというにすぎない。

すでに長年出来上がってきた国家というものは、基本的に、どうあってもなかなか壊れぬもので、ゴーラがいま、なんとかよろよろとながらも運営出来ているのは、結局のところ、それが旧ユラニアの骨格をもとにして組上がっているからだ。ユラニアは国家としてはずいぶん疲弊してもいたし、また腐敗しきってもいたし、もうほとんど息絶えかけている、とカメロンは思っていたものだが、それでも、何百年、千年にもわたってなんとか続けられてきた伝統ある国家、などというものは、そう簡単に息の根をとめられることもなければ、まったく新しい国家になりかわることもない。

イシュトヴァーンは、イシュタールを作り、ゴーラ政府とゴーラ軍とを組織して、それでおのれが「ゴーラ王国」というあらたな国家を作った、と信じているけれども、本当はそうではなく、ただ、ユラニアが勝手に存続していて、名前だけが「ゴーラ」とすりかわったことを受け入れているだけの話だ、ということは、かねがね、カメロンはひそかに感じていた。

実際に政治、司政にもっとも親しく直面しているカメロンだからこそ、その事実は毎日いやというほど感じる。ろくろく給料が払えないうちでも、もとアルセイスの、旧ユラニア政府の官僚だった連中は、相も変わらず同じように、おのれの勤め先である役所にやってきて、こつこつと書類を作ったり、上からの指令がこなくなったことに当惑しながらも、なんとなくそれまでどおりに仕事を続けていたりした。そのおかげで、カメロンは、宰相を任命されたとき、ずいぶんと救われたのだ。

何から何まで、ゼロから出発しなくてはならないのだったら、それこそ、司政の専門家ではないカメロンにはお手上げだっただろう。実際には、ユラニアの体制は、壊れたように見えて壊れていない。ユラニア軍はあとかたもなく消滅したし、旧ユラニアの将軍や武官たちは一切イシュトヴァーンは採用しなかったので、ゴーラ軍の平均年齢、ことに将軍や隊長たちの平均年齢がとてつもなく若いものになってしまったが、あちこちにある役所やアルセイス市役所、またましてや地方の政治の中心部となるそれぞれの市の役所などについては、みな、なんとなくずるずるともとのとおりの地位に戻り、なんとなくそれまでどおりの任務を続け、ただずるりとその名前が「ユラニア」から「ゴーラ」にすりかわっただけのままになっている。それを、ひとつひとつ、カメロンは拾い上げて、手の届く範囲で一応改革をほどこしたり、新しい人材を登用したりしたが、そのカメロンの手が及んでいない部署や役所もいやというほどある。結局のところ、国家などというものはそうそう簡単に作れるものではない、というのが、カメロンの苦々しい、同時にいささか感嘆しての実感である。

もっとも、ユラニアやアルセイスそのものがもう、国家としても首都としても行き詰まっていたからこそ、そこの住人たちは、イシュトヴァーンが突然に成り上がりのゴーラ王となっても、あまり驚くこともなくそれを受け入れたのだろうと思う。もしももっとこれがかっちりとした体制が存続していて、それをになうものたちが強い誇りや愛国心を持っているような国家であったら、とうていイシュトヴァーンのしたことは受け入れられはしなかっただろう。その意味では、イシュトヴァーンは、まことに鋭敏に、ユラニアの死期をかぎあてて、そのふところに飛び込んだのだ、とも云えた。

（まあ——だから、このままうっちゃっておいても、もちろんゴーラはなんとかやってゆくだろう……）

そう思ったとき、ふいに、カメロンは、目の前に、青空がひらけたような気がした。それとも、それは、おそるべき、稲光がきらめき、雷鳴が轟く荒野が開けたのであったろうか。

（俺は——イシュトについてゆこう……何もかも捨てて、もう一度——おのれの信じた冒険児に賭けてみるか……）

幼い、カメロンにだけわずかに笑顔をみせる赤ん坊のドリアンの運命を考えると、胸が痛んだ。もうちょっと、年がいっていれば、「カメロンおじいちゃんはどこにいったの？」と聞きもしよう。だが、まだドリアンは本当にことばもよう発さぬ赤ん坊だ。カメロンをそれと本当に見分けているのかどうかもこころもとない。ただ、そうとカメロンがうぬぼれているだけかもしれない。それでも、いま、カメロンがいなくなってしまえば、もともと頼り少ないドリアンにはますます、この先の後ろだてとなってくれるものはなくなろう。

(が——そうだ、マルス伯爵もいるのだし——もともと、あの子は……モンゴール大公として、モンゴールで生きてゆく運命であるのだったら……)

ドライドン騎士団の精鋭をつけて、ドリアンと乳母のアイシアたちをひそかにトーラスに送り込み、もう、完全にアムネリスの遺児であるモンゴール大公としてトーラスで育てさせてもいいのだ、とカメロンは思った。

(申し訳ない——お許し下さい、ドリアン殿下……ドリアン坊や……じいは、やはり、坊やのお父様と一緒にいってしまうかもしれないが……)

「なあ、どうなんだよ？」

イシュトヴァーンの黒い瞳が、じっとカメロンを見据えていた。そろそろ、しびれをきらしてきた、というように見える。

「なあ。返事しろよ。俺と一緒に来るだろう？　でねえと、マジで、拉致するぜ。精鋭を呼んで、縛りつけて馬に乗せてパロまで連れてくぜ。——もう、イシュタールには戻らなくたっていいだろう。俺と一緒に行こうぜ。なあ？　来てくれるだろう？」

「俺は……そうだな……俺は……」

カメロンは、息を呑んだ。

おのれが、いま、おのれの人生においてきわめて重大な選択をし、きわめて後戻りの出来ぬ決断を下そうとしているのだ、ということは、よくわかっていた。だが、それほど、内心にためらいはなかった——ゴーラには、すでに未練はそれほどなかったのだ。

「俺は……イシュト——」

いつまでも、お前と一緒だ——と云おうとしたのか。

お前のためなら、どこまでもゆくよ、と云おうとしたのか。

いずれにもせよ、それは、カメロンにとっては、「もう一度」青春時代の無鉄砲な放浪と先行きのまったく見えぬ、情熱に身をまかせた賭けとに身を投じる、という、そういう意味合いをもつ選択であった。それがそうである、ということはカメロンにはよくわかっていた。若く無鉄砲なイシュトヴァーンとともに、再び冒険の旅へと乗りだしてゆくのだ。

まだ到底安定しているとは云えぬにせよ、それでもともかくもゴーラという一国の宰相として知られている、ということは、動かしがたい責任や、それにともなった報酬をも与えられている、ということであった。だが、いまイシュトヴァーンは、その、おのれが短時間で打ち立てたゴーラをあとにして、さらなる新しい獲物パロに飛び込んでゆこういうのだ。うまくゆかなければ、それはそれこそ、イシュトヴァーンのあえない最期ということになるかもしれない。

（だからこそ……）

どこまでも、イシュトヴァーンとともにゆけたら——

カメロンは、そう願っているおのれを知っていた。イシュトヴァーンがそのつねにとてつもない、世の中の秩序をひたすら打ち壊す方向に向かうかのような荒々しい夢のさなかで斃れるのであれば、おのれの腕のなかでそのさいごを見届けたい。その上でもう、おのれの人生はこれで終わったのだと悟って、敵の刃に斃れるにせよ、とらえられて処刑されるにせよ、それは、何も悔いのない、文字どおりイシュトヴァーンに命をかけた一生となるだろう。

（俺は、そうなるために生まれてきたのか……やはりそうだったのか……）

このような血のたかぶり、ざわめきを、長いこと、もしかしたら自分は忘れていたかもしれない、と思う。

（ゴーラも——ドリアン王子も、何もかもうっちゃって……）

それは、カメロンの年齢の男であれば、誰でもひそかに一度は夢見るとてつもない夢であるかもしれない、とも思う。だがイシュトヴァーンにとっては、それはとてつもない夢でも暴挙でもなんでもない。いや、暴挙なのだが、イシュトヴァーンは何もためらわない。何もかも振り捨てて、つねにひたすらおのれの求めるところに突っ込んでゆく。そのことについてだけは、イシュトヴァーンは、無謀だろうが、愚かと云われようが、何ひとつためらわぬ。そのイシュトヴァーンが美しいのだ――そのようなイシュトヴァーンこそが《若さ》そのものであり、輝いて見えるのだ、とカメロンはまぶしく思った。

「そうだな……」

カメロンはゆっくりと云った。

「俺は――もちろん、お前がそうしてくれと云うのだったら――」

「何だ！」

いきなり、イシュトヴァーンが、カメロンを制した。同時に、右手が腰の剣に走ったが、

「なんだ、お前か」

むっとしたように剣から手をはなす。

「何の用だ。俺が呼ぶまで近寄るなと云っただろうッ。俺はいま、カメロン宰相と大事な内緒話をしてんだッ」

「申し訳ございませぬ。火急の用件でございましたので……」

あえて二人の密談の場に顔を出した近習は、イシュトヴァーンの怒りを招くことは予想していたらしく、いくぶん青ざめて緊張した顔をしていた。

「火急だと。何なんだ、いったい」

「はい。あの、カメロン宰相閣下に——イシュタールより、とりいそぎ御連絡をとりたいと使者が見えておりますが……」

「俺にか？」

今度はカメロンが唸った。

「もうすぐに話は終わるんだが、それも待てぬほど火急の使者なのか」

「はい、あの、ドライドン騎士団のサムエルより、と申されて使者のかたが」

「サムエルから」

カメロンのおもてがちょっとひきしまった。

「すまないな、イシュト——あ、いや」

近習の前だった、と意識して、言い直す。

「申し訳ございません、陛下。ちょっと、用件を聞いて、すぐに戻って参ります」

「いいよ、もう、話は大体すんでんだ。俺も一緒に戻る」

イシュトヴァーンは無造作に歩き出した。カメロンは、急いでそのあとを追った。なんとなく、肩すかしをくらったような不安定な心もとない感じがある。

だが、放ってはおけなかった。サムエルは、ブランやワン・エンについでカメロンが信頼する、ドライドン騎士団の幹部だ。その能力を見込んで、いまは、ケイロニアの内部事情を探り出すために密偵としてサイロンにやってある。そのサムエルからの火急の使者というからには、答えはただひとつ――ケイロニアで、何かが起きたのだ。

「ちょっと、待っていてくれ、イシュト」

カメロンは、街道の周辺で待機していた軍勢のところに戻ると馬をイシュトヴァーンの小姓に預け、急いでサムエルからの使者のところにいった。ここまで、早馬を飛ばして追いついてきたのも、ドライドン騎士団の若手であった。

「ああ、ルイス、お前だったのか」

カメロンはちょっと離れたところに使者を連れていった。

「どうした。こんな出先まで追いかけてくるとは、俺がイシュタールに戻るのを待てないような火急の事態が起こったのか」

「と、サムエルは思っているようです」

若いルイスは緊張したおももちだった。

「夜通し馬を飛ばしてやっと使者がついたので、つきしだいすぐにおやじさんに伝えるように、ということでしたので、すぐに自分が早馬を飛ばして追いかけてきました。おやじさんは、陛下の軍勢を追ってゆかれた、ということでしたので……いつお戻りになるか、わからなかったし」

「それはもういい。何があったんだか、サムエルの伝言を話せ」

「はい」

ルイスはまた、おもてをひきしめた。

「サイロンで、黒死の病が激発したそうです。――サムエルのいうには、今年になってから、ずっとサイロンではいろいろ不吉な予言だの、予兆だのが相次いでいたようだったが、この赤の月の前後から、黒死病がサイロン全市で激発し、黒曜宮は必死に食い止めようとあれこれ手を打っているが、なすすべもなく、この数日で実に何千人という死者が出て、ことに老人と子供、からだの弱っていたものなどはあっという間に死んでゆくので、サイロン全市は悲嘆の叫びに満ち、死体を焼くのも間に合わずに、街角にまで死体が積み上げられ、それがまた、あらたな伝染を呼んであらたな死者を増やしているということです」

「サイロンに、流行病が」

カメロンは眉をよせた。

「それは、サイロンだけなのか。それとも、ケイロニア全土に及んでいるのか」

「サイロンだけだ、ということです。それで、次々と高位高官や王侯貴族たち、上のほうのものはやはり病いを恐れてサイロンをはなれ、安全なランゴバルドやサルデスに避難しはじめている、ということです。豹頭王はむろん黒曜宮をはなれず、宰相ハゾス侯ともども必死の対処にあたっているが、先日ついにアキレウス大帝が発病された、という知らせがとどき、豹頭王の王妃シルヴィア姫も離宮へ避難を決定した、ということです」

「そうか」

カメロンは考えこんだ。それは、確かに、おそるべき知らせではあったが、あくまでもそれは隣国の不幸の知らせであり、ただちにゴーラに影響を及ぼすものとは思われなかったのだ。

「それで、サムエルは、どうだと」

「はい。サムエルは、おのれも万一罹患してはいけないので、早めにサイロンを離脱し、イシュタールに戻って良いかどうかとおやじさんの指示を求めています。ただ、このところ、黒曜宮ではいろいろと奇妙なうわさがとんでおり、またあまりよく実態のわからぬことがいろいろと起こっていて、この伝染病の禍いだけでなく、どうやら黒曜宮内部で、なんらかの異変が進行していたのではないかと思われるふしもある。それゆえ、それをもっと深く探ってくるようにという、おやじさんからの指示であれば、サムエルは、もともと健康ですし、この病でやられているのは主として老人子供や病人など、もともとからだの弱かったものが多いので、もうちょっとサイロンに残って頑張って様子を探ってみてもいい、といっております」

「いや、それはもう、すぐにサイロンを離脱して、ゴーラに戻れとサムエルに云ってくれ」

カメロンは急いで云った。

「ただ、すまぬがただちにイシュタールに戻るのではなく、ちょっと国境あたりで様子を見て、おのれが伝染病の種をイシュタールに持ち込むことにならないかどうか、確認してからイシュタールに戻ってくるように、とそう伝えてくれ。それだけか」

「もうひとつあります。それは、自分がおやじさんに連絡にこようとしていると知って、秘書官のサイラスがついでにおやじさんに伝えてくれといった伝言で、サムエルのとは別口なんですが」

「なんだ、云ってみろ」

「ケイロニアから、火急の使者を派遣する、という連絡が入っているそうです」

ルイスは、おのれのことばが、どのような波紋をカメロンの胸中に巻き起こしたとも、まったく知らぬままに云った。

「この黒死の病も当然かかわりがあるんでしょうが、ケイロニア宰相ランゴバルド侯ハゾスから、いままだずっと交渉が宙に浮いた格好になっている、ゴーラとの和平条約の結論を急ぎたい、そのための特別使節団をただちにサイロンよりイシュタールにさしむけたいが、受け入れていただきたい、という使者がけさ、おやじさんがイシュタールを出て陛下を追いかけるのと入れ違いにイシュタールに到着したんだそうです。どうやら夜討ち朝駆けでずっと飛ばしてきたらしいということで――もう、ケイロニアの特別使節団はサイロンを発ち、こちらに向かって急いでいるということで、一両日中にはゴーラ国境を越えるであろう、それまでに、使節団来訪の受け入れ認可をいただきたい、また、到着しだい、宰相との会談をお願いしたい、ということです」

「ケイロニアの特別使節団だと」

カメロンは唸るような声をあげた。

「なんでまた……そんな急に……」

考えるまでもなかった。

おそらく、その黒死の病の流行は、相当に激しく、すさまじいのだろう。じっさいには、サイロンの機能が麻痺し、あるいは停止してしまうほどの巨大な災厄が、突然にサイロン市と黒曜宮を襲っているのに違いない。ランゴバルド侯ハゾスはおそらく、それを知ってイシュトヴァーンがあらぬ野望をもつことをおそれたのだ。世界一の強国ケイロニアが、はやり病の災厄に弱り果てて、いったん機能を停止してしまったすきをついて、ゴーラ王がなんらかの行動を起こすのではないかと、それをおそれ、ハゾスは、かねがね申し入れてきていた和平条約、同盟通商条約をはっきりと締結させ、東からの脅威をなくすためにただちに動き出したのだろう。

「特別使節団の全権大使が誰が来るのか、その知らせはあったのか」

「はい。聞いております。——使節団をひきいるのは、アンテーヌ侯アウルス・フェロン閣下だそうです」

「なんだと」

今度こそ、カメロンは色を失った。

「アンテーヌ侯が全権大使だと？　それはまた……」

とんでもないことになった、とカメロンは思った。アンテーヌ侯といえば、十二選帝侯の筆頭長老のひとり、かねがねアキレウス大帝がもっとも信頼する腹心であり、選帝侯会議のカギを握る大人物でもある。それほどの大物をこの時期に、しかもこれまではずっと位が下でまともに相手が出来ぬ、という態度に出ていたゴーラに全権大使として送り込んでくるというのだ。

（そうか——いまはそのはやり病いの対処で、ランゴバルド侯はサイロンを離れられない。——だが、また、アンテーヌ侯は老齢だ。老人子供が多くやられているというはやり病いがすさまじく激発しているサイロンから、老齢のアンテーヌ侯をいわば遠ざけて守るという意味もあるのかもしれん。——いや、だが、それどころではない……）

「わかった」

カメロンは、いくぶんしわがれた声で云った。

「お前はすぐにイシュタールに戻り、サムエルにはただちにサイロンをはなれ、ゴーラ国境で数日、発病のきざしがないのを確認しだいイシュタールに戻ってくるように伝えてくれ。それから、秘書官のサイラスに、俺はすぐに戻り、ケイロニアよりの申し入れに対処するので、それまではケイロニアからの使者を待たせておき、何も返答するなといっておいてくれ」

「かしこまりました。じゃあ、自分はただちにイシュトヴァーン・パレスに戻ります」

「ああ、頼んだぞ。俺もすぐ戻る」

云って、ルイスがただちに馬をとりに戻ってゆくのを見送ったとき、カメロンは、おのれの発した言葉に茫然となった。

（ああ、頼んだぞ。俺もすぐ戻る）

ゴーラの宰相としては、これだけの外交的な事件の勃発にさいして、まことに当然なひとことである。

（だが、俺は……）

すべてをなげうって、イシュトヴァーンとともに、パロへ行こう——と——

そう思ったばかりではなかったか。

「なんだよ、カメロン」

イシュトヴァーンが、呼んでいる、と小姓がカメロンを呼びに来た。急いでイシュトヴァーンのもとに戻っていったとき、カメロンの目からは、最前の光はすべて失われていた。

「なんかあったのか」

「ああ……アンテーヌ侯アウルスがイシュタールに来るそうだ……」

手短かに、事情を説明しながら、カメロンは、なんともいわれぬ奇妙な絶望的な感覚に襲われていた。

「サイロンではやり病い？」

案の定、イシュトヴァーンはただあっさりと眉をしかめただけだった。

「そんなもの、ほっとけよ。隣の国でそんなものが起きたからといって、こっちまで来るわけじゃあねえんだろう。第一、お前、もうゴーラはうっちゃると云ったじゃねえか」

「そうはゆかなくなった。アンテーヌ侯が使者にたつというからには、これはゴーラにとってても正念場になる……もてなしの手順も考えなくてはならんし、それに……」

「なんだよ」

イシュトヴァーンは、頰をふくらませた。

「パロに行くんじゃねえのか？　俺と一緒に来てくれるっていったじゃねえか」

「そうは、行かないんだ、イシュト」

カメロンは、まわりに近習や騎士たちがいることも忘れた。

「そうはゆかないことが――この世にはあるんだ……わかってくれ。頼む」

「チェ――そんじゃ、用がすんだら、俺を追っかけてパロにくるか？　そうしろよ、カメロン。もういいじゃねえか、それで」

「……そう出来るものだったら……」

カメロンは一瞬、口ごもった。

イシュトヴァーンは、そのカメロンを、ふいに、奇妙な目で見た。何もかも、射抜いてしまうかのような目だった。

「そうかい」

ついに、イシュトヴァーンの口から、いくぶん冷ややかになった言葉が洩れた。カメロンは、その場でおのれが息絶えてしまいそうな気持だった。

「わかったよ。あんたは、ついてこねえっていうんだな。その使者だか、なんとか侯だかがイシュタールに来るから、そのもてなしの準備があるからとかって。わかったよ。なら、それでいいさ。俺は、俺で、勝手に俺の道をゆく」

「イシュト――」

いったいどうすれば、そうではないこと――それはどうにもしようのない仕儀なのだ、ということがこの何のおきても持たぬ冒険児に理解してもらえるのだろうか――

一瞬、あまりにも苦く、苦しいものが、カメロンの胸をしめあげた。だが、カメロンはもう何も云わなかった。おのれが、ヤーンの投げたサイの目のように、運命に翻弄される存在にしかすぎないという事実を、カメロンは、すでに苦く嚙みしめていたのだ。

あとがき

栗本薫です。二〇〇九年あけましておめでとうございます。とうとう、なんとか、二〇〇九年をこうして迎えることが出来たんだなあと思うと、やや感慨無量なものがあります。そうしてこの「グイン・サーガ」第百二十五巻「ヤーンの選択」が皆様のお手元にとどくころには、実際にはもう一月も終わってしまっていて、皆様もあけましておめでとうでもなければ新春気分でもおありにならないとは思うのですが、なにせ私がこれを書いているのは二〇〇九年の一月一日、元旦の夕方だものですから、どうしても明けました気分になってしまうのはお許し下さい。

なんだかとても静かな大晦日と年明けで、二日ともきわめていいお天気、静かでこともない平和な年末年始でした。三十日には恒例の冬コミで「三冊同時発売」という強引なことをいたしまして、「本当に病気なんですか」という疑惑の目を向けられたり（笑）いたしましたが、秋口から冬にかけてはほんと具合悪かったです。腹痛、内臓痛に背中痛に腰痛、次から次へと、ころげまわったり救急車呼ぶほどじゃないんだけれども、眠れなかったりじっとしていられない程度の、つまりは一番始末がわるい程度の痛みに見舞われ、鎮痛剤もなかなかきかなかったり、きいたらこんどは眠れなくなってしまって不眠症で苦しんだり——半年続けてきた抗ガン剤がいよいよ相当からだに毒をためこんできたらしく、休薬期間になってもものが食べられず、体重は落ちる一方、かろうじて口に入るのは最初は蒸しパン、それから焼き菓子だけで、夜中に「なんでこんなものを食べなくちゃいけないんだろう」と泣きながら焼き菓子を口にお茶で流し込んで吐いてしまったりとかしていました。お米とか、お粥とか、そういうものが匂いさえ駄目になってしまったのが、御飯好きの私にはかなりの衝撃でしたね。徐々にようやく治っていって、十二月の末に、白菜のおしんこと海苔で白い御飯が食べられたときの感激ったらありませんでした。大袈裟にいうなら、手術が無事終わって退院したときよりもさえ感激したくらいです。

まだ、一月も続いていた下痢がやっととまって、二日しかたっていないので、安心するのは早すぎる感じなんですが、それでももう、なんとか普通の食べ物が食べられるようになり、おもちも御飯もおせちも食べられる、というのが——こんなに嬉しいことだったか、というのは、これは、なんか、また「素食のすすめ」みたいな本を書いてしまいたいくらいな感じですね。幕内秀夫さんの「粗食のすすめ」シリーズは私にとっては座右の書だったのですが、こういう状態になってみると、ただ単に「お米のごはんと野野菜のおかず」というものそのものが、ものすごく大変なのですね。野菜や納豆や、よりによってからだにいいものはみんな消化が悪い！　玄米なんかとんでもない！　しかも私は乳糖不耐症、その上手術で十二指腸と膵臓の頭をとっちゃってるからあぶらっこいものが駄目、とあって、牛乳類駄目クリームだめ、あぶらっこいものだめ、揚げ物だめ肉だめ魚だめ（これはくさくて食べられなかった）それがお米も野菜も駄目になったんですから、「私は何を食べたらいいんだ！」の世界です。

しばらくは、御近所の大好きな長年のつきあいのお米屋さんの、毎日そこのおうちでふかしているお赤飯のおにぎりなら喉を通るので、一日の食事がお赤飯のおにぎり一個とリンゴ半分、といった状態が続いてましたが、思い切り強力な下痢止めをもらってなんとか下痢がとまって（ということはまだ薬でとまってるわけですよねえ。無理出来ませんねえ）から、やっとものがいろいろのどをとおるようになりました。その前くらいから、少しだけ上昇気流にのったあたりから、おもち、それも富山のひいきのおせんべい屋さんからとりよせたかき餅も入るようになったので――おかしなもので、キノクニヤで買った「栗おこわ」も食べられたので、白飯が食べられなくて玄米なんかとんでもない、というようなときに、なぜか「もち米関係」で生きてたわけです。一見すると、もち米のほうが消化悪そうに思えるんですけれどもねえ。

だが、まあ、そういうわけで、なんとかその時期を無事切り抜け、大晦日には三年ぶりにおせちの料理をすることも出来、この新年にはこれまた三年ぶりに、家族で（しかも母もともども）食卓を囲んで「あけましておめでとうございます」をいっておとそを飲んでお雑煮を食べおせちをつつく、それでもトイレにかけてゆかなくても大丈夫だった、よかった、というようなことになったわけです。

なんとなく、食べられるようになるとてきめんにからだに力が戻ってくるみたいで、まだでもものの百メートルも歩くと膝が笑っちゃう、というより、膝よりも、腹筋が手術で切られちゃったせいか、お腹のなかみがゆらゆら揺れ出すみたいな変な感覚になって、歩けなくなってしまうんですねえ。それに「合併症は命取りになるから、ことに免疫力が低下している時期には絶対に人混みにいったり、カゼをもらってくることのないように」って先生に厳命されてますから、もうこの十二月は、ライブはやったんだけどあとはほとんどうちのなかで「自宅療養モード」で過ごしてたんじゃないかな。おかげさまで、まあ、十二月の家計費が安くてすんで……うぷぷっ。

まあでも、そんなこんなで二〇〇九年もあけまして、今年初のグインも出るわけですが、次の巻の出る予定の四月からは、ついに「グイン・サーガ」TVアニメのオンエアもはじまることになります。そうして、今年は、「グイン・サーガ」の「三十歳のお誕生日おめでとう！」ということにもなるわけです。確か私、デビュー三十年がおととしだったですから（うろ覚え（爆））デビューして一年目か二年目くらいから、延々とグインを書いてきた、で百二十五冊も書いてきた（実際はストックも外伝もあるから、百五十冊は軽くこえてますが）ってことになるわけなんですねえ。まあ飽きないというか、懲りないというか辛抱強いというか……でも、もう、ここまでつきあうと、飽きないとかそういう問題ではないですね。長年の夫婦だの友達だのと、いまさらつきあいが飽きるも飽きないもない、みたいな感じで、なんだかグインの世界のどこもかしこも、草原もクリスタルもサイロンも沿海州も、キタイもゴアも、みんな顔見知りというか、「第二のふるさと」みたいな感じがするのが、不思議な気分です。

三十歳のお誕生日をめぐって、いろいろ新しい企画も記念企画もたてていただけるようですが、私としてはとにかくもう、無事にここまでやってこられて（いや、波乱がなかったという意味じゃあなくて、なんとかここまでたどりついた、というような意味で）自分自身も「生きて」この年明けにたどりつくことができただけで、「よかったなあ」という気分です。二〇一〇年が、二〇一一年が私にくるかどうかは、これはもうヤーンの決めること。もう何も考えずに、ただ、ちょっとでも沢山グインを先に進めておきたいなと思います。やっといろいろな下地がすべて終わって、まさにこれからが本当の意味での「三国志のはじまり」だと思いますから。

アニメについては、すごくなんというか、「真面目に作ってくれている」みたいで、恐縮してしまいますが、音楽をファイナルファンタジーの音楽家がやって下さるとのこと、何かと楽しみは多いですが、うちTVないし何で見ようかね、という感じです（笑）まあ、いまはね、見ようと思えばとなりのうちへゆけば、婆ちゃんのTVがあるんだけれども。やっぱり年寄りってよくテレビ見るものですね。隣へゆくとけっこうな確率でテレビ見てます（笑）これまでうちでは、マネージャーまで含めて誰もテレビを見る人がいなかったので、「わあテレビを見てるなあ」と新鮮だったりする（笑）でも一緒に見たりしないんだけど（笑）最近ますます、時間がもったいないので——書くの、すっかり遅くなっちゃいましたからね。少しづつ毎日書いてゆかないと大変ですから。

それでも、かなり体調に希望の光が見えてきたので、口調も明るいでしょう（笑）これが一週間前だったら、辛さの絶頂で相当暗かったんじゃないかと思います（笑）たとえ鎮痛剤で抑えてるにしたところで、いたみがとまるときがある、というのは、ほんとに有難いことです。でもこのいたみ、鎮痛剤使わなくてもとまってるときがあるので、「慢性でないから、ガン性疼痛ではないと思う」と先生は云われるんですけれどもねえ。どうなるのかな、うちのガン太郎君達（ガンにまで変な名前つけるなよー（爆））が、大人しく、肝臓を食っちまうくらい暴れないでいてくれるんだったら、抗ガン剤もひかえめにして、このまんま一緒にお腹のなかに住まわせてやっててもいいんだけどなあ。「手をうつ気はないか？」とときたま、お風呂とかで、傷だらけのお腹をなでながら、ガン太郎君に話しかけてみたりするんですけれどもねえ。どう思っていることやら。

でもとにかく二〇〇九年はやってきたわけです。それだけでもかなり幸せな気分ですね。あとはひとつひとつ、一月、二月、三月、春がきた、初夏がきた、と確かめながら、一歩一歩、ゆっくり歩くようにして生きてゆきたいと思います。

さて、まったりとした元日の日が暮れてきました。今夜はギョウザを焼いて(でも自分は食べられない(^^;) 中国のお正月気分でも味あわせてやろうかなと思ったり。それにしても寒いと傷にはうんとこたえるので、早くあったかくなってくれたらいいですけれどもねえ。

二〇〇九年一月一日(木)

神楽坂倶楽部 URL
http://homepage2.nifty.com/kaguraclub/

天狼星通信オンライン URL
http://homepage3.nifty.com/tenro

「天狼叢書」「浪漫之友」などの同人誌通販のお知らせを含む天狼プロダクションの最新情報は「天狼星通信オンライン」でご案内しています。

情報を郵送でご希望のかたは、返送先を記入し80円切手を貼った返信用封筒を同封してお問い合せください。

（受付締切などはございません）

〒108-0014　東京都港区芝4-4-10　ハタノビルB1F
㈱天狼プロダクション「情報案内」係

日本ＳＦ大賞受賞作

上弦の月を喰べる獅子 上下
夢枕　獏
ベストセラー作家が仏教の宇宙観をもとに進化と宇宙の謎を解き明かした空前絶後の物語。

戦争を演じた神々たち［全］
大原まり子
日本ＳＦ大賞受賞作とその続篇を再編成して贈る、今世紀、最も美しい創造と破壊の神話

傀《く》儡《ぐつ》后《こう》
牧野　修
ドラッグや奇病がもたらす意識と世界の変容を醜悪かつ美麗に描いたゴシックＳＦ大作。

マルドゥック・スクランブル（全３巻）
冲方　丁
自らの存在証明を賭けて、少女バロットとネズミ型万能兵器ウフコックの闘いが始まる！

象《かたど》られた力
飛　浩隆
Ｔ・チャンの論理とＧ・イーガンの衝撃――表題作ほか完全改稿の初期作を収めた傑作集

ハヤカワ文庫

星雲賞受賞作

ハイブリッド・チャイルド
大原まり子
軍を脱走し変形をくりかえしながら逃亡する宇宙戦闘用生体機械を描く幻想的ハードSF

永遠の森　博物館惑星
菅　浩江
地球衛星軌道上に浮ぶ博物館。学芸員たちが鑑定するのは、美術品に残された人々の想い

太陽の簒奪者《さんだつしゃ》
野尻抱介
太陽をとりまくリングは人類滅亡の予兆か？星雲賞を受賞した新世紀ハードSFの金字塔

銀河帝国の弘法も筆の誤り
田中啓文
人類数千年の営為が水泡に帰すおぞましくも愉快な遠未来の日常と神話。異色作五篇収録

老ヴォールの惑星
小川一水
SFマガジン読者賞受賞の表題作、星雲賞受賞の「漂った男」など、全四篇収録の作品集

ハヤカワ文庫

次世代型作家のリアル・フィクション

マルドゥック・ヴェロシティ1
冲方 丁
過去の罪に悩むボイルドとネズミ型兵器ウフコック。その魂の訣別までを描く続篇開幕！

マルドゥック・ヴェロシティ2
冲方 丁
都市財政界、法曹界までを巻きこむ巨大な陰謀のなか、ボイルドを待ち受ける凄絶な運命

マルドゥック・ヴェロシティ3
冲方 丁
都市の陰で暗躍するオクトーバー一族との戦いに、ボイルドは虚無へと失墜していく……

逆境戦隊バツ［×］1
坂本康宏
オタクの落ちこぼれ研究員・騎馬武秀が正義を守る！　劣等感だらけの熱血ヒーローSF

逆境戦隊バツ［×］2
坂本康宏
オタク青年、タカビーOL、巨デブ男の逆境戦隊が輝く明日を摑むため最後の戦いに挑む

ハヤカワ文庫

次世代型作家のリアル・フィクション

スラムオンライン
桜坂 洋

最強の格闘家になるか？ 現実世界の彼女を選ぶか？ ポリゴンとテクスチャの青春小説

ブルースカイ
桜庭一樹

あたしは死んだ。この眩しい青空の下で――少女という概念をめぐる三つの箱庭の物語。

サマー／タイム／トラベラー1
新城カズマ

あの夏、彼女は未来を待っていた――時間改変も並行宇宙もない、ありきたりの青春小説

サマー／タイム／トラベラー2
新城カズマ

夏の終わり、未来は彼女を見つけた――宇宙戦争も銀河帝国もない、完璧な空想科学小説

零 式
海猫沢めろん

特攻少女と堕天子の出会いが世界を揺るがせる。期待の新鋭が描く疾走と飛翔の青春小説

クレギオン／野尻抱介

ヴェイスの盲点

ロイド、マージ、メイ――宇宙の運び屋ミリガン運送の活躍を描く、ハードSF活劇開幕

フェイダーリンクの鯨

太陽化計画が進行するガス惑星。ロイドらはそのリング上で定住者のコロニーに遭遇する

アンクスの海賊

無数の彗星が飛び交うアンクス星系を訪れたミリガン運送の三人に、宇宙海賊の罠が迫る

サリバン家のお引越し

メイの現場責任者としての初仕事は、とある三人家族のコロニーへの引越しだったが……

タリファの子守歌

ミリガン運送が向かった辺境の惑星タリファには、マージの追憶を揺らす人物がいた……

傑作ハードSF

アフナスの貴石
野尻抱介

ロイドが失踪した！　途方に暮れるマージとメイに残された手がかりは〝生きた宝石〟？

ベクフットの虜
野尻抱介

危険な業務が続くメイを両親が訪ねてくる!?　しかも次の目的地は戒厳令下の惑星だった!!

終わりなき索敵 上下
谷　甲州

第一次外惑星動乱終結から十一年後の異変を描く、航空宇宙軍史を集大成する一大巨篇！

目を擦る女
小林泰三

この宇宙は数式では割り切れない。著者の暗黒面7篇を収録する、文庫オリジナル短篇集

記憶汚染
林　譲治

携帯端末とＡＩの進歩が人類社会から客観性を消し去った時……衝撃の近未来ハードＳＦ

ハヤカワ文庫

珠玉の短篇集

五人姉妹
菅　浩江

クローン姉妹の複雑な心模様を描いた表題作ほか〝やさしさ〟と〝せつなさ〟の9篇収録

レフト・アローン
藤崎慎吾

五感を制御された火星の兵士の運命を描く表題作他、科学の言葉がつむぐ宇宙の神話5篇

西城秀樹のおかげです
森奈津子

人類に福音を授ける愛と笑いとエロスの8篇日本SF大賞候補の代表作、待望の文庫化！

夢の樹が接げたなら
森岡浩之

《星界》シリーズで、SF新時代を切り拓く森岡浩之のエッセンスが凝集した8篇を収録

シュレディンガーのチョコパフェ
山本　弘

時空の混淆とアキバ系恋愛の行方を描く表題作、SFマガジン読者賞受賞作など7篇収録

ハヤカワ文庫

コミック文庫

イティハーサ〔全7巻〕
水樹和佳子

超古代の日本を舞台に数奇な運命に導かれる少年と少女。ファンタジーコミックの最高峰

樹魔・伝説
水樹和佳子

南極で発見された巨大な植物反応の正体は？人間の絶望と希望を描いたSFコミック5篇

月虹――セレス還元――
水樹和佳子

「セレスの記憶を開放してくれ」青年の言葉の意味は？　そして少女に起こった異変は？

エリオットひとりあそび
水樹和佳子

戦争で父を失った少年エリオットの成長と青春の日々を、みずみずしいタッチで描く名作

約束の地・スノウ外伝
いしかわじゅん

シリアスな設定に先鋭的ギャグをちりばめた伝説の奇想SF漫画、豪華二本立てで登場！

コミック文庫

アズマニア〔全3巻〕
吾妻ひでお

エイリアン、不条理、女子高生。ナンセンスな吾妻ワールドが満喫できる強力作品集3冊

ネオ・アズマニア〔全3巻〕
吾妻ひでお

最強の不条理、危うい美少女たち、仰天スペオペ。吾妻エッセンスを凝縮した作品集3冊

オリンポスのポロン〔全2巻〕
吾妻ひでお

一人前の女神めざして一所懸命修行中の少女女神ポロンだが。ドタバタ神話ファンタジー

ななこSOS〔全3巻〕
吾妻ひでお

驚異の超能力を操るすーぱーがーる、ななこのドジで健気な日常を描く美少女SFギャグ

時間を我等に
坂田靖子

時間にまつわるエピソードを自在につづった表題作他、不思議なやさしさに満ちた作品集

コミック文庫

星食い
坂田靖子
夢から覚めた夢のなかは、星だらけの世界だった！　心温まるファンタジイ・コミック集

花模様の迷路
坂田靖子
美術商マクグランが扱ういわくつきの美術品をめぐる人間ドラマ。心に残る感動の作品集

パエトーン
坂田靖子
孤独な画家と無垢な少年の交流をリリカルに描いた表題作他、禁断の愛に彩られた作品集

叔父様は死の迷惑
坂田靖子
作家志望の女の子メリィアンとデビッドおじさんのコンビが活躍するドタバタミステリ集

マーガレットとご主人の底抜け珍道中〔旅情篇〕〔望郷篇〕
坂田靖子
旅行好きのマーガレット奥さんと、あわてんぼうのご主人。しみじみと心ときめく旅日記

ハヤカワ文庫

コミック文庫

アレックス・タイムトラベル

清原なつの

青年アレックスの時間旅行「未来より愛をこめて」など、SFファンタジー9篇を収録。

春の微熱

清原なつの

少女の、性への憧れや不安を、ロマンチックかつ残酷に描いた表題作を含む10篇を収録。

私の保健室へおいで…

清原なつの

学園の保健室には、今日も悩める青少年が訪れるのですが……表題作を含む8篇を収録。

花岡ちゃんの夏休み

清原なつの

才女の誉れ高い女子大生、花岡数子が恋を知る夏を描いた表題作など、青春ロマン7篇。

飛鳥昔語り

清原なつの

謀反の首謀者とされた有間皇子。その悲痛な心情を温かく見つめた歴史ロマン等全7篇。

コミック文庫

花図鑑〔全2巻〕
清原なつの
性にまつわる抑圧や禁忌に悩む女性の心をさまざまな角度から描いたオムニバス作品集。

東京物語〔全3巻〕
ふくやまけいこ
出版社新入社員・平介と、謎の青年・草二郎がくりひろげる、ハラハラほのぼの探偵物語

サイゴーさんの幸せ
ふくやまけいこ
上野の山の銅像サイゴーさんが、ある日突然人間になって巻き起こすハートフルコメディ

星の島のるるちゃん〔全2巻〕
ふくやまけいこ
二〇一〇年、星の島にやってきた、江の島るるちゃんの夢と冒険を描く近未来ファンタジー

まぼろし谷のねんねこ姫〔全3巻〕
ふくやまけいこ
ネコのお姫様が巻き起こす、ほのぼの騒動！ノスタルジックでキュートなファンタジー。

ハヤカワ文庫

著者略歴　早稲田大学文学部卒
作家　著書『さらしなにっき』
『あなたとワルツを踊りたい』
『風雲への序章』『ミロクの巡
礼』（以上早川書房刊）他多数

HM=Hayakawa Mystery
SF=Science Fiction
JA=Japanese Author
NV=Novel
NF=Nonfiction
FT=Fantasy

グイン・サーガ⑫⑤

ヤーンの選択《せんたく》

〈JA947〉

二〇〇九年二月　十　日　印刷
二〇〇九年二月十五日　発行

（定価はカバーに表示してあります）

著者　栗《くり》本《もと》薫《かおる》
発行者　早川　浩
印刷者　大柴正明
発行所　株式会社　早川書房

郵便番号　一〇一 - 〇〇四六
東京都千代田区神田多町二ノ二
電話　〇三 - 三二五二 - 三一一一（大代表）
振替　〇〇一六〇 - 三 - 四七七九九
http://www.hayakawa-online.co.jp

乱丁・落丁本は小社制作部宛お送り下さい。
送料小社負担にてお取りかえいたします。

印刷・株式会社亨有堂印刷所　製本・大口製本印刷株式会社
©2009 Kaoru Kurimoto　Printed and bound in Japan
ISBN978-4-15-030947-3 C0193